인생은 방탈출

인생은 방탈출

1판 1쇄 인쇄 2024. 5. 27.
1판 1쇄 발행 2024. 6. 11.

지은이 오지은

발행인 박강휘
편집 김애리 디자인 지은혜 홍보 박은경 마케팅 백선미
발행처 김영사
등록 1979년 5월 17일(제406-2003-036호)
주소 경기도 파주시 문발로 197(문발동) 우편번호 10881
전화 마케팅부 031)955-3100, 편집부 031)955-3200 | 팩스 031)955-3111

값은 뒤표지에 있습니다.
ISBN 978-89-349-3505-6 03810

홈페이지 www.gimmyoung.com   블로그 blog.naver.com/gybook
인스타그램 instagram.com/gimmyoung   이메일 bestbook@gimmyoung.com

좋은 독자가 좋은 책을 만듭니다.
김영사는 독자 여러분의 의견에 항상 귀 기울이고 있습니다.

취미는 돈 주고 갇히기, 특기는 자물쇠 빨리 열기

오지은 에세이

김영사

'인생은 방탈출' 테마에
오신 것을 환영합니다

"안녕하세요. '인생은 방탈출' 테마 하러 오셨을까요?"

방탈출 카페에 가면 으레 들을 수 있는 환영 인사다. 이 책도 '인생은 방탈출'이라는 방탈출의 테마를 경험하는 느낌이었으면 하는 마음을 담아 수줍은 인사를 건넨다.

방탈출은 제한된 시간에 주어진 문제를 풀어 밀실 또는 야외 공간에서 탈출하는 게임이다. 내가 방탈출이 취미라고 말하면 사람들은 내 머리가 좋나 보다 생각한다. 그게 맞다고 인정하고 싶지만 애석하게도 그렇지 않다. 방탈출을 하는 사람의 이미지는 아마도 밀실에 갇혀 끙끙대며 자물쇠를 하나둘 풀어가는 모습인 것 같다. 그러나 요즘 방탈출은 문제뿐만 아니라 스토리, 인테리어, 연출, 장치, BGM 등 여러 요소에서 즐길 거리가 많다. 잘 만든 방탈출을 하면 마치 이야기 속 주인공이 된 것 같다. 흥미로운 스토리를 따라가며 이색적인 경험을 할 수 있다. 문제 풀이가 전부가 아니다. 따라서 엄청나게 똑똑하지 않아도 즐길 수 있고, 머리가 좋은 사람들만 하는 게임이 아니다.

방탈출에 대한 다른 오해도 있다. 한 예능 프로그램에 '방탈출 기획자'가 나왔다. 그런데 유튜브에서 그를 비난하는 댓글 중 "방탈출만 하니까 사회성이 떨어지지"라는 내용이 있었다. 그 밑에 반박 댓글을 쓰려다 말았다. 방탈출을 좋아한다고 하면 사회성이 떨어진다고 생각하는 편견이 있다. 이 또한 큰 오해다. 이 게임은 혼자 할 수도 있지만 일반적으로 2~4명이 같이 하기 때문이다. 협동심이 필요한 테마들이 많아서 오히려 사회성과 매너를 키울 수 있다.

방탈출은 일부 마니아들만 즐긴다는 오해도 있다. 하지만 요즘은 추세가 바뀌었다. 웹예능 〈보물찾기〉에는 대기업에 다니면서 방탈출을 즐기는 일반인 출연자가 나온다. 넓은 공간에서 탈출하는 예능인 〈대탈출〉도 시즌4까지 나왔을 만큼 인기 있다. 나 역시 본업은 카페 프랜차이즈 마케터이지만 방탈출을 취미로 즐긴다. 대중매체에 자주 나오는 만큼 많은 사람들이 애정하는 취미가 됐다고 볼 수 있다. 방탈출은 머리 좋은 사람만 하는 게임이 아니다. 사회성이 떨어지는 사람만 즐기고 마니아만 좋아하는 취미도 아니다. 그리고 방탈출은 인생과 유사한 점이 많다. 그 부분을 적어보았다.

방탈출은 테마 안에 몇 개의 방이 있는지 알려주지 않는다. 이 책은 특별히 세 개의 방으로 구성되었다는 점을 알려드린다. 첫 번째 방은 '왜 돈을 주고 갇히시냐고요'다. 방탈출을 왜, 그리고 언제 하는지 알 수 있다. 두 번째 방은 '함께 갇히고 싶은 사람들'이다. 방탈출을 하며 만난 사람들에 대한 이야기로 사람 내음 나는 방이다. 세 번째 방은 '갇히면 비로소 보이는 것들'이다. 방탈출이 어떻게 나를 성장시켰는지 담아보았다. 각 방의 뒤에는 서브 미션처럼 방탈출에 대한 가이드를 수록했다. 읽다가 이해가 어렵다면 용어 사전을 먼저 보는 것도 추천한다.

이 책이 훌륭한 방탈출 '영업'서가 되었으면 좋겠다. 인생에 대한 에세이로 소소한 즐거움을 느끼며 보셔도 좋다. 책은 방탈출과는 달리 시간제한이 없으니 천천히 즐겨보시라. '인생은 방탈출' 테마를 선택해주신 것에 감사드리며, 이제 첫 번째 방으로 함께 들어가보자.

세 번째 방

▼

갇히면 비로소 보이는 것들

첫 번째 방

▼

왜 돈을 주고 갇히시냐고요

방탈출, 좋아하세요?

"여보, 어디야?"
"아휴, 이 인간 또 방탈출 하는구먼."

　방탈출을 하는 동안 남편에게서 온 메시지이다. 방탈출을 하는 동안에는 핸드폰을 가지고 들어갈 수 없다. 때문에 그 시간 동안 나는 부재중이다. 연락 두절이 되는 순간 남편은 내가 방탈출을 하고 있다는 것을 눈치챈다.

　내 남편이 싫어하는 방탈출은 내가 미쳐 있는 취미이다. 방탈출은 제한된 시간 내에 추리를 통해 단서를 찾아 자물쇠나 장치를 풀어서 밀실을 탈출하는 게임이다. 우리나라에서는 2015년을 기점으로 방탈출 카페가 늘어나기 시작했다.

지금은 서울만 해도 150개 이상의 방탈출 매장이 있고, 전국에 대략 1,700개 이상의 방탈출 테마가 있다. 방탈출은 대중적인 취미는 아니지만 두꺼운 마니아층이 있다. 나는 2022년에 방탈출을 한 이후, 그 매력에 깊이 빠졌다.

처음에는 남편과 함께 방탈출 데이트를 즐기기도 했다.

"이걸 이렇게 반대로 해서 풀어볼까?"

지문에 나온 숫자를 그대로 넣었지만 계속 자물쇠가 풀리지 않았다. 그러자 남편이 조금 꼬아서 문제를 냈을 수도 있다고 의견을 냈다. 반대로 해보자 자물쇠가 덜컥 풀렸다. 함께 풀어내니 기뻤다. 나는 방탈출 데이트가 만족스러웠지만, 남편은 별로 흥미를 느끼지 못했다. 테마와 스토리에 몰입을 못 하겠다고 했다. 결국 방탈출은 재미도 없고 비싸다는 것이 그의 결론이다.

방탈출은 평균적으로 한 시간이 주어지며, 1인당 2만 원 정도의 금액이 든다. 최근에는 프리미엄 테마도 많아져서 3만 원이 넘어가는 경우도 있다. 취미에 드는 비용은 상대적인 거라 다른 취미와 비교한다면 저렴한 가격일 수도 있다. 가령 내가 고비용이라고 생각하는 취미는 골프와 피규어 수집이다. 골프 장비나 피규어를 사는 데 큰 비용이 들기에 상대적으로 2만 원 내외면 저렴하다는 게 나의 의견이다. 하지만 시간 대비 비용으로 따지면 할 말이 없다. 골프 라운딩은 네 시간 이상이 걸린다. 피규어는 평생 소장할 수도 있다. 반면 방탈출은 한 시간 안에 끝난다. 음… 돈의 가치는 사람마다 다르겠지만 방탈출이 조금 비싼 취미인 건 맞다.

아니 왜 돈을 내고 방에 갇히세요?

내가 방탈출을 한다고 하면 남편을 포함한 많은 사람들은 이렇게 말한다.

"아니 왜 돈을 내고 방에 갇히세요?"

이 질문은 두 가지 뜻을 담고 있다. 그 금액이 적당한지, 그리고 그 금액을 낼 만큼의 가치가 있는지를 묻는 것이다. 자, 그럼 지금부터 왜 돈을 내고 갇히는지 항변해보겠다.

방탈출은 단순히 갇히는 행위가 아니다. 방탈출은 갇히는 것이 아니라, 발견하는 것이다. 방탈출을 통해 하나의 방에서 나와 새로운 방에 들어간다. 문제를 풂으로써 새로운 재미를 발견한다. 방에 감금되는 것이 아니라 반대로 출구를 찾는 과정이다. 갇히는 것이 아니라 열어나가는 것이다. 그 여정은 신기하고 흥미진진하다.

그래서 방탈출과 비슷한 취미는 '여행'이다. 사람들은 휴가철마다 "어디 놀러 가세요?"라고 묻는다. 하지만 "여행을 왜 가세요?"라고 묻는 사람은 거의 없다. 휴가철에 놀러 가고 여행을 떠나는 것은 보편적인 취미가 되었다. 저마다 이유는 다르겠지만, 일상에서 멀어지기 위해 여행을 떠나는 사람이 대부분이다. 새로운 것을 보기 위해 나서는 것이다.

방탈출도 마찬가지다. 방탈출 테마 안으로 들어가면 일상과 멀리 떨어진다. 새로운 세상에 진입하게 된다. 그리고 그 세상 속 이야기에 맞춰 색다른 내용이 펼쳐진다. 나는 테마 속 주인공이 된다. 문제를 풀며 이야기를 만난다. 여행지에 온 듯 색다른 인테리어도 접한다. 우리가 흔히 생각하는 집에 있는 '방'이 아니라, 색다른 곳에 온 듯 잘 꾸며둔 테마가 많다. 이런 관점에서 방탈출은 작은 여행이다. 방탈출을 한다면 2~3만 원만 내고 짧은 시간 동안 여행 간 기분을 느낄 수 있다. 앞서 방탈출이 비싸다고 한 말은 번복하겠다. 이 정도면 정말 가성비 좋은 취미 아닐까?

가장 크게 느낄 수 있는 건 '재미'

돈을 낸 만큼 재미있냐고? 처음 방탈출의 재미를 발견한 순간이 선명히 기억난다. 몇 년 전 방탈출이 유행했을 때, 나도 몇 번 해봤지만 성공하지 못했다. 결국 내게 방탈출은 잊힌 취미가 되었다. 그 후 시간이 흐른 어느 날, 회사 동료와 대화 중 방탈출을 좋아한다는 이야기가 나왔다. 그는 한 번도 탈출에 성공하지 못한 나를 딱하게 여기며 방탈출 테마를 추천해주었다.

추천받은 테마를 바로 친구들과의 모임에서 해봤다. 생각보다 쉽고 재미있게 탈출에 성공할 수 있었다. 문제를 풀 때의 짜릿함이 며칠간 계속 떠올랐다. 이게 바로 효능감이려나. 신선했던 그 공간도 머릿속에 남았다. 이후 방탈출을 계속하게 되었고 점점 더 좋아하게 되었다. 나중에는 헬스장 자물쇠만 보아도 따고 싶어지는 지경에 이르렀다. 물론 탈출에 성공해야만 재밌는 건 아니다. 하지만 풀어냈을 때의 쾌감과 흥분은 오래 기억에 남는다.

방탈출을 하는 이유는 재미가 가장 크다. 하지만 그 외에도 방탈출에는 수많은 가치가 있다. 방탈출은 단순한 취미가 아니라 나를 성장시키는 취미가 되었다. 성장의 요소들은 앞으로 이 책에서 하나하나 풀어나갈 예정이다.

남편도 기꺼이 자기계발비 명목으로 방탈출 취미를 후원하리라. 아니, 사실 돈은 받지 않아도 된다. 방탈출비는 늘 내 지갑에서 나왔으며, 오히려 남편을 영업하기 위해 돈을 쓴 적이 더 많다. 역시 취미는 내돈내산이다. 그래도 응원이 듣고 싶다. "어휴 이 인간"이라는 카톡 대신 "여보 2만 원 송금했어. 탈출 성공해♡"라는 카톡이 올 날을 기대한다.

왜 하필 방탈출인가?

"하… 정말 스트레스받아. 술이나 마시자."

"그래, 거기로 모여."

첫 회사를 다니던 신입 사원 시절, 화가 나는 일이 생기면 술로 스트레스를 풀었다. 열받게 하는 사람이 있으면 친구들과 술을 마시며 엄청나게 씹었다. 취하는 순간은 즐겁다. 알딸딸한 기분이 욕하는 맛을 돋운다. "짠!" 하며 잔을 부딪치면 모든 근심이 사라진다.

30대가 되자 술로 스트레스를 풀면 다음 날이 힘들었다. 위와 장에도 슬슬 무리가 오기 시작했다. 얼굴에 여드름도 나고 몸이 무거워지는 것이 느껴졌다. 밤새 술을 마시며 욕을 한다고 해도 나아지는 건 없었다. 나를 화나게 한 사람은 다음 날도 똑같았다. "짠!" 하며 욕을 한다고 빌런은 사라지지 않는다. 차라리 그 사람에게 가서 "쨍!" 하고 부딪치며 직접 대화를 하는 게 낫다. 회사 생활을 하면서 누군가를 욕하며 스트레스를 풀 수도 있다. 하지만 그것은 빌런을 처단하는 방법은 아니다. 게다가 술을 마신 다음 날이면 속쓰림과 피곤함, 지방과 뾰루지, 과음에 대한 후회라는 군식구가 따라붙었다.

술 대신 요가, 필라테스에 빠지기도 했다. 운동을 하고 나니 잠이 잘 왔다. 스트레스도 풀리고 기분도 좋았다. 꾸준한 운동은 중요하다. 체력과 정신건강에 모두 좋다. 하지만 운동을 하기 위해서는 넘어야 할 하나의 큰 산이 있다. 바로 '가기 싫다 산'이다. 운동의 효용에 대해서는 이미 수많은 사람들이 말한 바 있다. 다들 머릿속으로는 알고 있다. 하지만 침대에 누워 있다가 일어나는 것은 다짐만으로 넘을 수 없는 산이다. '가기 싫다 산'은 가뿐히 넘어서기가 힘든 장애물이다.

술은 부작용이 두렵고, 운동은 시작이 힘든 취미이다. 하지만 방탈출은 가는 길마저 즐겁다. 누가 방탈출을 하자고 제안하면 금세 엉덩이가 들썩거린다. 돌이켜보면 운동, 술,

방탈출 말고도 수많은 취미들이 내 인생에 나타났다가 사라졌다. 그들 모두 내 시간을 뺏고자 경쟁했었다. 하지만 치열한 경쟁의 결과 방탈출이 승리했다. 방탈출이 취미들 간의 경쟁에서 이긴 이유는 뭘까? 직장인에게는 육하원칙에 따른 보고가 필수다. 회사원으로서 나는 취미 전쟁에서 0순위가 된 방탈출의 매력을 육하원칙에 따라 분석해봤다.

방탈출 재미의 육하원칙

방탈출 언제 할까?

삶이 무기력하거나 일상에 힘든 일이 많을 때 방탈출을 하면 더 즐겁다. 방탈출은 일상의 탈출구가 되어준다. 회사가 괴롭거나 인간관계가 힘들면 한 시간 동안 도피해보자. 낯선 세계 속 낯선 존재가 되어보자. 문제와 이야기 속에 몰입하면 세상이 잊힌다. 그래서 일상 도피가 필요한 분들에게 방탈출을 더욱 추천한다. 문제를 풀다 보면 인생의 문제에 사로잡힐 틈이 없다.

그럼 어느 '시간'에 가면 좋을까? 주말에 하루 날을 잡고 연방*을 하며 몇 회씩 방탈출을 즐겨도 신나고, 퇴근 후 짬을 내서 한 테마씩 해도 좋다. 내가 선호하는 요일은 금요일이다. 금요일 밤에 방탈출을 하고, 함께 한 친구들과 맥주 한잔하며 테마에 대한 이야기를 나누면 한 주의 마무리가 알차다. 평일의 끝이 업무가 아닌 한 편의 방탈출로 마감된다. 쓰고 보니 방탈출은 삶이 힘들수록 더 재미있는 취미인 것 같다. 야근이 많은 시기일수록 그 주 금요일엔 일부러 방탈출 약속을 잡는다.

방탈출 어디에서 할까?

실내 방탈출만 있다고 생각하면 오산이다. 방탈출은 야외 테마, 실내 테마로 나뉜다. 야외 테마가 있는 경우 야외라고 표기를 해둔다. 야외 테마는 도심이나 외곽의 지형지물을 활용해 문제를 푸는 테마다. 야외에서 게임을 하다 보면 주변의 간판과 지형지물이 내게 말을 걸어오는 게 느껴진다. 야외 테마를 한번 다녀오면 그 뒤로 그곳을 지나치는 일이 특별하게 다가온다. 날씨가 좋은 날은 야외 테마도 괜찮다. 너

---

* 방탈출을 여러 번 하는 것을 의미한다. 하루에 두 번 연달아 방탈출을 하면 2연방, 세 번 하면 3연방이 된다.

무 덥거나 춥지 않고, 눈비가 내리지 않을 때 야외 테마를 하면 색다른 즐거움을 만끽할 수 있다. 반면 실내 테마는 비가 오는 날이면 더욱 감사해진다.

유형이 아닌 위치로 구분을 한다면 서울에서는 강(강남)·건(건대)·홍(홍대)이 방탈출의 성지다. 이쪽에 방탈출 카페가 몰려 있다. 전부 '핫플'이기에 접근성이 아주 좋다. 친구와 이 근처에서 만나기로 했다면 방탈출을 살짝 끼워 넣어보는 게 어떨까?

방탈출 누구와 할까?

같은 테마도 누구와 하느냐에 따라 재미가 달라진다. 친한 사람들과 갈 경우 부끄러운 미션도 깔깔대며 할 수 있다. 실력이 뛰어난 사람과 하면 게임이 매끄럽게 이어지는 경험을 할 수 있다. 나보다 못 푸는 친구들과 함께 가면 책임감을 갖고 열심히 문제를 풀게 된다. 그래서 내 실력이 향상되는 기분을 느낀다. 비매너인 동료들도 있다. 자기 혼자 문제를 풀어버리거나 몰입을 방해하는 사람이다.

누가 나와 맞는지 혹은 맞지 않는지 생각해보고 잘 맞는 사람과 방탈출을 하러 가자. 방탈출은 게임 내의 내용이 무엇인지 스포일러를 해서는 안 된다. 게임을 하기 전 비밀 유지 서약서도 쓴다. 때문에 게임을 한 사람들끼리만 이야기할 거리가 생긴다. 방탈출을 함께 한 사람과 경험한 특별한 일들은 소중한 추억으로 남는다. 잘 맞는 사람들과 가면 더 재미있지만, 누구와 가도 이야깃거리는 생긴다.

방탈출 무엇을 할까?

가장 중요한 게 '무엇'이다. 어떤 장르를 하느냐이다. 방탈출에는 감성, 공포, SF, 로맨스, 우주, 일상, 게임, 아케이드, 판타지, 동화, 성인 등등 수많은 장르가 있다. 방탈출의 포스터와 스토리, 그리고 테마 설명을 보면 어떤 장르에 속하는지 알 수 있다.

방탈출의 횟수가 쌓이다 보면 자기 취향을 알 수 있다. 나의 경우 연출이 흥미롭고, 스토리가 감성적인 테마를 좋아한다. 반대로 친구는 스릴러와 잠입 장르를 좋아한다. 공포 테마를 좋아하는 사람도 많다. 무슨 장르를 좋아하느냐에 따라 몰입도와 흥미도가 달라진다.

방탈출 어떻게 할까?

내가 어떻게 풀었는지에 따라 기억에 남는 방탈출 테마가 정해진다. 물론 흥미로운 문제도 인상적이지만, 가장 기억에 남는 것은 '내가 푼 문제'이다. 그렇기에 게임 내에서 얼마나 잘 풀어나가는지, 어떻게 협동심을 발휘하는지, 어떻게 문제를 해결하는지가 중요하다. 방을 탈출한 후 어떤 부분이 흥미로웠는지, 또 내가 어떻게 했을 때 잘했는지 복기해보는 것도 하나의 재미이다.

공포 테마 같은 경우 '쫄'과 '탱'의 역할이 있다. 쫄은 잘 쫄고 겁이 많은 사람이고, 탱은 '탱커'의 줄임말로 대범하고 겁이 없는 사람을 뜻한다. 공포 방탈출을 해보면 내가 쫄인지 탱인지 알 수 있다.

방탈출 왜 할까?

왜 하필 방탈출을 하는지에 대한 이야기를 하다가 육하원칙의 끝인 여기까지 왔다. 여러 가지 많은 이유가 있겠지만, 첫 번째 이유는 흥미이다. 방탈출을 하면 문제를 풀어나가는 짜릿한 손맛을 느낄 수 있다. 방탈출 스토리에 몰입하면 영화 속 주인공이 된 듯, 잠깐 다른 세계에 다녀온 듯 짜릿하면서 신선한 기분을 느낄 수 있다. 색다른 연출에 감동할 수도 있다. 그 밖에도 방탈출이 주는 많은 이점이 있지만, 즐거움이 아직 가장 큰 이유이다.

그룹별로 다른 방탈출의 매력

내가 방탈출을 함께 하는 그룹은 크게 세 가지로 나뉜다. 어떤 그룹과 방탈출을 하느냐에 따라 느낌이 다르다. 그룹마다 다른 즐거움도 육하원칙에 따라 적어보았다.

1. 성장형 방탈출(비슷한 사람끼리 갈 때)

누가 방탈출에 함께 입문한 고등학교 동창들과 가는 경우가 여기에 속한다. 나와 동창들 모두 방탈출 경험이 없을 때 처음으로 같이 시작했다. 우리의 시작은 해가 바뀌어 술집에 처음 간 스무 살처럼 어리바리했다. 그러고는 다 같이 그 매력에 빠졌다. 셋 다 방탈출을 잘하지 못해서 쉬운 방탈출을 위주로 했다.

언제-어디서 셋의 거주지 인근인 건대입구에서 한 달에 한 번 만나 하나의 테마를 하고 저녁을 먹었다.

어떻게 친구들과는 천진난만하게 풀어나가는 재미가 있다. 나는 몰입을 잘해서 스토리를 설명해주었고, 한 친구는 문제를 빨리 파악했다. 다른 친구는 자물쇠를 빠르게 푸는 능력이 있었다. 셋 다 어설펐지만, 친구이기에 편하게 장난도

인생은 방탈출

치며 게임을 즐겼다.

무엇을 한 명은 스릴러 테마를 좋아하고, 나는 감성 테마를 좋아한다. 또 다른 친구는 장르를 가리지 않는 잡식성이다. 셋 다 공포 테마는 원하지 않았다. 그래서 번갈아가며 각자가 원하는 테마를 했다.

왜 동창들과는 함께 성장해가며 방탈출을 하는 느낌이 재미있다. 대학생들이 오지에서 배낭여행을 하듯 좌충우돌이지만 추억이 남는다.

2. 버스형 방탈출(더 잘하는 이와 갈 때)

누가 나보다 방탈출을 훨씬 많이 한 고수들과 방탈출을 하기도 한다.

언제 100방 정도 한 친구가 직장 동료라서 한 달에 한 번 주말에 몰아서 연방을 한다.

어디서 고수인 친구는 티켓팅 실력도 뛰어나서 일명 꽃길*이라고 불리는 유명 테마들을 많이 접할 수 있다.

---

* 방탈출 테마를 평가하는 표현이다. 테마의 완성도와 재미에 따라 '흙길-풀길-꽃길-인생 테마' 등으로 표현하는데, 그 테마의 평점이 낮으면 흙길, 높으면 꽃길이다.

무엇을 그러다 보니 잘하는 이들의 문제 풀이에 얹혀가는 느
낌도 있다. 버스를 탄 듯 편하게 방탈출을 하는 것이다. 평
점이 높은 테마의 뛰어난 인테리어나 멋진 연출을 감상할
수 있는 좋은 기회가 된다.

어떻게 게임을 하면서 남들이 어떻게 문제를 푸는지 관전하
고 배울 수 있다.

왜 나보다 더 잘하는 사람과 함께 방탈출을 할 때는 유명 테
마의 멋진 연출을 감상하고 고수의 실력을 어깨너머로 배
우는 즐거움이 있다. 가이드의 안내에 따라 편하게 버스를
타고 패키지여행을 하는 느낌이다.

3. 영업용 방탈출 (경험이 없는 사람과 갈 때)

누가 나보다 방탈출을 좀 더 못하는 친구나 아예 처음 해보는
친구와 방탈출을 할 때도 있다.

언제 다른 약속을 잡는 김에 방탈출도 해보자고 슬쩍 영업하
곤 한다.

어디서 좀 더 쉽고 재미있으면서 앞으로 그 친구가 계속 방탈
출을 할 수 있는 동력이 되어줄 테마들을 찾는다.

무엇을 그 친구의 취향에 맞추어 선호하는 테마를 물어보고
신중하게 고른다.

어떻게 나보다 경험이 부족한 친구와 함께 하기에 내가 더 적극적으로 열심히 참여하게 되고, 덩달아 실력이 늘기도 한다. **왜** 처음 방탈출을 해본 친구의 "재밌다"는 반응은 무엇보다 기쁘다. 영업에 성공하면 새로운 방탈출 메이트가 생겨서 뿌듯하다. 설령 친구의 취향에 맞지 않더라도, 우리만의 추억이 생겨 사이도 좀 더 돈독해진다.

방탈출의 재미는 회사를 다니며 일을 하고 경력이 쌓이는 것과 비슷하다. 비슷한 동기끼리 성장해나갈 수도 있고, 더 잘하는 사람에게 얹혀갈 수도 있고, 후배를 가르치며 실력이 늘 수도 있다. 취미이지만 문제를 푸는 과정을 통해 지능도 문제를 푸는 능률도 올라가는 게 방탈출의 매력이다. 술도 마시면 늘지만 건강에 좋지 않다. 운동은 체력을 기르고 몸을 가꾸어나가는 재미가 있지만 귀찮다. 방탈출은 취미임에도 일상에서 벗어나는 활기는 물론 성장하는 즐거움을 준다. 나는 방수에 비해 실력은 아직 부족하지만, 방수가 쌓일수록● 발전할 내 모습이 궁금하다.

● 방탈출을 한 횟수가 늘어나는 것을 의미한다.

방탈출 유니버스

두 사람이
친해지지 않기를

나는 정말 두 사람이 친해지지 않길 바랐다. 하지만 그렇게 되고 말았다. 우리의 관계는 이렇다. 캐슈넛과 나는 회사 동료다. 둘 다 방탈출을 좋아한다는 걸 알고 함께 몇 번 게임을 했다. 호빵 언니와 나는 몇 년 전 동호회에서 만난 관계다 (심지어 방탈출 동호회가 아니다). 동호회 지인의 결혼식에서 호빵 언니와 다시 만난 것을 계기로 방탈출도 하게 되었다. 캐슈넛은 내가 블로그에 쓴 방탈출 리뷰를 보고 누구랑 했는지 물었다. 나이대가 비슷한 언니와 했다고 답했더니 넉살도 좋은 인싸 캐슈넛은 셋이 같이 방탈출을 하자고 제안했다.

처음 만나서 게임을 한 날이었다. 캐슈넛은 방탈출을 100번 가까이 했지만, 호빵 언니와 나는 당시에 방탈출을 20번 미만으로 한 '방초보'였다. 게임을 하며 호빵 언니는 캐슈넛의 문제 파악력에 감탄해서 눈을 반짝거렸다.

"얘는 어째 그래 문제를 잘 푼다니."

언니의 순발력과 기지에 캐슈넛도 놀랐다.

"언니 그 문제 진짜 잘 푸신다. 관찰력이 좋으신데요."

둘은 합이 잘 맞았다. 음… 나만 빼고 둘이 잘 맞았던 것 같다. 우리는 힌트 하나 없이 탈출할 수 있었다. 방탈출에 가면 늘 힌트를 엄청나게 보던 나는 그때 노힌트 탈출을 처음 해봤다. 한 단계 성장한 듯 짜릿했다. 두 사람도 그렇게 생각했나 보다. 신나게 방을 탈출해서 왠지 어색하게 집으로 돌아가던 길에 캐슈넛이 호빵 언니를 보며 제안했다.

"언니 다음 달에도 하실래요?"

자다가 식은땀을 흘리며 깼다. 악몽이었다. 캐슈넛과 호빵 언니가 둘이서만 재미있는 방탈출 테마를 하러 가는 꿈이었다. 가장 치욕스러웠던 부분은 이거다. "나 진짜 ○○○ 테마 하고 싶은데 우리 다음에 하러 가자"라고 말하자, 두 사람이 은밀히 시선을 교환한다. "어 지은아… 그거 우리 둘이 이미 했는데." 이렇게 답하며 내가 안쓰럽다는 듯 비웃는다. 부들부들 치가 떨린다. 다행히도 아직 그런 일은 없지만, 두 사람은 이미 꽤 친해졌다. 현재 우리 셋은 다음 테마로 무엇을 할지 이야기 중이다.

나랑 탈출하러
가지 않을래?

처음에는 친구들과 방탈출을 했다. 하지만 다들 생활에 충실하다 보니 방탈출을 자주 하지는 못했다. 탈출을 좋아하는 친구들도 있었지만 나만큼은 아닌 것 같았다. 친구들끼리 약속이 잡히면 나는 늘 방탈출을 제안했다. 질려버린 몇몇 친

인생은 방탈출

구들은 솔직해지기 시작했다. "내 취향이 아닌 것 같아." 친구 한 명은 방탈출을 하고 싶지 않다는 말을 돌려서 표현했다. "너도 방탈출 동호회 가입해봐. 그 사람들이랑 해도 되잖아." 그건 마치 짝사랑 하는 남자가 나에게 "너 소개팅 할래?"라고 물어보는 기분이었다. 이게 바로 돌려서 거절하는 방법인가? 그 말을 듣자 내 꿈이 부정당한 듯 슬펐다. 한번 거절당하고 나니 또다시 제안하기가 어려웠다. 방탈출 하러 가자는 말은 다단계 판매원이 되어 치약 하나 사달라고 부탁하는 것처럼 께름칙한 일이 되어버렸다. 더 이상 주변인에게 권유하기는 무리였다.

약속이 없던 휴일, 갑자기 방탈출이 하고 싶었다. 그래서 '오프라인 방탈출*'이라는 온라인 카페에 가입해 같이 방탈출 할 사람을 찾았다. 그곳에는 방탈출 테마와 시간을 올려두고 구인하는 사람들이 있었다. 그렇게 참석한 번개 모임에서 문제를 잘 풀고 친절한 분들을 만났다.

하지만 간혹 방탈출 동호회나 온라인으로 매너 없는 사람을 만나는 경우도 있다고 한다. 남이 풀고 있는데 말도 없이

---

* 방탈출 마니아를 위한 네이버 온라인 카페이다.
  https://cafe.naver.com/escaperoomcafe

문제를 혼자 풀어버리거나 다들 문제를 고민하는 와중에 상의도 없이 힌트를 써버리는 것이다. 내게는 온라인 구인도 괜찮은 경험이었지만, 안 맞는 사람을 만날 위험도 분명히 있다. 더군다나 세상이 흉흉하기 때문에 선뜻 권하기엔 쉽지 않은 방법이다.

친구 어디서
사귀세요?
방탈출에서요

반면 방탈출을 좋아하는 사람들끼리는 쉽게 뭉쳐진다. 함께 무언가를 해보자는 마음으로 쉽게 친구가 된다. 방탈출 게임 속에서 캐슈넛과 호빵 언니는 협동심을 발휘하는 구간이 끝나자 하이파이브를 했다. 서로 천재냐며 칭찬도 나눴다. 이 험난한 세상을 살면서 가족 말고 누가 그렇게 나에게 칭찬을 해주겠나. 게임을 하던 중 각자 흩어져야 하는 구간이 나왔다. 그곳에서 흩어져 문제를 풀다가 다시 만나자 얼싸안고 감격했다. 이산가족이라도 상봉한 줄 알았다. 방탈출을 하는 동안에는 계속 협력해서 문제를 풀어야 하고, 끝난 후에도 그 테마에 대해서 이야기를 나눌 수 있다. 함께 게임을 하는 사람끼리 유대 관계가 쌓이고 대핫거리가 생긴다.

좋아하는 예능 프로그램인 〈대탈출〉에서는 피오와 강호동이 함께 협력하여 문제를 푸는 장면이 나온다. 이들은 자신들을 '피호동'이라 부르며 좋아한다. 둘은 나이와 활동 영역이 다르지만, 탈출하고자 하는 목표 하나로 유닛이 된다. 이처럼 탈출을 하다 보면 각자의 역할이 생긴다. 캐슈넛은 문제 파악력, 호빵 언니는 추리력과 언어 능력이 좋다. 그리고 나는 가장 중요한 역할을 맡고 있는데, 바로 자물쇠 돌리기이다. 두 사람이 문제를 풀어주면 나는 자물쇠를 돌린다. 정답은 큰 소리로만 외쳐주세요! 그들의 손과 발이 되는 조력자!

〈대탈출〉이든 마블 영화이든 세계관은 비슷한 캐릭터들이 뭉치면서 탄생한다. 우리도 '방탈출을 좋아하는 사람'이라는 키워드 하나로 모여 세계관을 만들었다. 방탈출을 하는 사람들끼리는 함께 방탈출을 다니는 사람을 방메®라고 칭한다. 방메끼리는 협동심도 생기고, 친해진다. 반면 깊은 얘기를 나누지 않는다면 적당한 거리감을 지킬 수도 있다. 정말

● '방탈출 메이트'의 줄임말로, 방탈출을 함께 하는 사람들을 뜻한다.

탈출이 목적인 만남이 될 수도 있는 거다. 그 또한 나쁘지 않다고 본다. 어벤저스의 영웅들도 빌런에 맞서 싸우고는 각자의 자리로 돌아가니까.

나는 MBTI의 앞자리가 I인 내향형 인간이다. 그래서 친구를 찾기가 쉽지 않다. 사회생활을 하면서는 도대체 다들 어디서 새 친구를 만드는지 궁금했다. 하지만 방탈출을 하며 새로운 친구들이 생겼다. 방탈출이라는 취미로 나의 유니버스가 조금 넓어진 느낌이 든다. 그 속에서 나는 자물쇠를 돌리는 조력자이다. 하지만 유니버스 속 캐릭터처럼 능력이 점점 성장하기를 바란다.

우리 모임 중 가장 인싸인 캐슈넛의 카톡이 왔다.

"다음에 이 테마 하실래요?"

다행이다. 아직 날 끼워주는군.

누나와 남동생이
함께 가는 목욕탕

"아니, 누나랑 남동생이 같이 갈 수 있는 목욕탕이 있어?"

엄마가 묻는다. 그렇다. 오늘 퇴근 후 남동생과 목욕탕에 가기로 했다. 찜질방이면 남녀가 함께 갈 수 있지만, 우리 남매는 탕에도 함께 들어갈 수 있다. 목욕탕을 테마로 한 방탈출을 하기로 했기 때문이다. 어이없어하는 엄마의 오해를 풀어드리고, 동생과 목욕 가방 없이 목욕탕으로 향했다.

우리가 함께 하기로 한 테마는 '비트포비아 던전'의 〈강남 목욕탕〉이다. 쉽고 재미있어서 옛날부터 유명한 테마다. 원래는 친구들과 함께 가기로 약속해서 힘들게 예약까지 성공했는데, 갑자기 사정이 생겼다며 못 가겠다는 것이다. 기대하던 테마이기에 취소하기가 싫어서 대신할 사람을 찾았다. 그때 남동생이 생각났다.

"누나랑 방탈출 갈래?"
"좋아."

동생은 순순히 승낙했다. 마음이 복잡했다. 동생이 같이 가 줘서 좋기는 한데, 찜찜했다. 동생과 〈강남목욕탕〉에 입성했다. 진짜 탕 안에 같이 들어오다니 신기했다. 우당탕탕 헤매면서 방탈출을 했다. 테마 내에 신기한 장치들이 많아서 감탄사를 내지르며 즐겁게 게임을 했다. 무서운 테마는 아니지만, 불빛이 어두운 곳이 있었다. 거기서는 동생에게 무섭다며 투정도 부렸다. 끝난 후 함께 사진도 찍고, 보드판도 그렸다. 즐거웠다. 하지만 찜찜했다. 내가 그런 짓을 해서는 안 됐는데….

"누나 이 테마 해봤어? 진짜 재밌더라."

예상대로 동생은 방탈출에 빠져버렸다. 동생은 원래 머리 쓰는 걸 좋아하고, 보드게임도 좋아한다. 내가 좋아하는 〈대탈출〉, 〈지니어스〉 같은 두뇌 플레이 예능도 즐겨 본다. 피가 어디로 가겠나…. 동생도 방탈출에 빠져버릴 줄 알았다. 동생은 얼마 지나지 않아 유명하다는 테마들을 다 해봤다며 재미있다는 감상을 남기기에 이르렀다. 웃으면서 대화를 주고받았지만 속으로는 무척이나 후회했다.

찜찜함의 이유, 동생의 취준

찜찜함의 이유는 동생이 아직 인턴이기 때문이다. 얼마 전까지 취준생이었던 동생은 한 회사에 들어가서 인턴이 되었다. 하지만 인턴이 되기까지 시간이 좀 걸렸다. 동생이 취준생일 때 부모님과 나는 내심 걱정했다. 요즘 취업이 원체 어려운데 동생의 나이가 적지만은 않았기 때문이다. 그래도 다행히 한 회사의 인턴으로 일하게 되었다. 시작이 중요한 것 아니겠는가. 인턴이 돼서 조금은 마음을 놓았지만, 정직원이 언제 될지 모르기에 마음이 온전히 편치는 않았다. 내가 방탈출을 하자고 해놓고도, 괜히 쓸데없는 취미에 헛바람이 들게 한 것 같아 걱정이 되었다.

"누나, 같이 방탈출 하러 갈래?"

"바빠. 일도 해야 되고…(사실 안 바빴다). 너는 여유로운가
보다?"

동생의 제안에 일부러 틱틱거리며 대답했다. 잔소리를 하
자 동생은 본인도 일을 하지만, 잠깐 짬이 날 때만 방탈출을
하는 거라고 변명했다. 쟤는 앞으로 인턴 생활에서 벗어나
서 정직원도 돼야 하고, 그러려면 업무 관련 공부도 해야 되
는데, 언젠가는 돈도 모아서 결혼도 해야 되는데… 방탈출은
가격도 꽤 된단 말이지. 쟤가 지금 방탈출을 할 때가 아닌데.
시간을 너무 허비하는 건 아닌가? 남편은 내 말을 듣고는 한
심하게 쳐다보며 말했다.

"지가 영업해놓고, 뭔 소리래. 너나 잘해."

역시 맞는 말이다. 내 남편은 맞는 말 머신, 맞말 머신이다.
아니 막말 머신인가? 동생과 함께 방탈출을 즐기고 싶은 마
음과 동생이 무분별한 취미 생활에 빠질까 봐 걱정되는 마
음. 두 가지 마음 사이에서 갈등했다. 마치 방탈출을 할 때 풀
리지 않는 문제를 푸는 것 같았다. 그러다가 문득 이런 생각

이 들었다. 동생이 도박을 하는 것도 아니고. 요즘 막 나가는 애들은 소액 대출도 하고 명품도 마구 산다는데, 그런 무분별한 지출을 하는 것도 아니고… 내가 너무한가?

탈출을
응원하며

방 얘기를 하다 보니 동생과의 추억 하나가 떠오른다. 내가 결혼하기 전 부모님은 더 작은 규모의 집으로 이사를 하셨다. 자연스레 내 방은 없어졌다. 하지만 당시 나는 자취를 하고 있었고, 결혼도 생각하고 있었기에 방이 없어도 괜찮았다. 부모님의 새집을 방문한 날, 동생에게 여기가 네 방이냐고 물어보았다. 그러자 동생이 미소 지으며 이렇게 대답했다.

"누나, 여긴 우리 방이지."

그런 동생의 따뜻한 마음을 기억한다. 그 말이 마음 한편에 남아 언제든지 돌아갈 수 있는 우리의 방이 생긴 것만 같았다. 누나는 방탈출을 권유했을 뿐인데 동생은 내가 돌아올 수 있는 방을 선물해주었다.

　방탈출이라는 새로운 취미에 눈을 뜨게 된 내 동생. 문제를 해결하는 즐거움을 깨달았듯이, 사회라는 공간에서 자리 잡는 문제도 잘 해결할 거다. 동생을 어릴 때부터 봐온 단짝 친구들도 동생이 어른들과 주변 사람들에게 잘하니 사회생활도 잘 거라며 걱정 말라고 다독여주었다. 그리고 방탈출에는 여러 가지 좋은 점도 많으니까, 나쁜 취미보다는 나을 거다. 안 풀리는 문제가 있으면 나도 함께 도와줘야지. 그리고 동생이 정직원이 되는 날 정말 재미있는 방탈출 테마를 같이 하러 가야겠다.

한 방으로는
만족 못 하는 연방의 맛

방탈출에 맛 들인 후 한 방만으로는 만족할 수 없게 되었다. 연속으로 두 번 이상 방탈출을 하는 연방을 한 뒤로 연방에 빠지게 되었다. 첫 연방은 사소한 계기였다. 어느 날 방탈출이 너무나 하고 싶었고, 온라인 카페를 뒤적였다. 거기에서 평소 관심이 있던 테마를 함께할 사람을 구한다는 글을 보았다. 톡을 보냈고, 테마에 참여하게 되었다.

두 가지 테마를 하루에 다 하면 머리도 아프고 힘들지 않을까 생각했다. 그런데 예상보다 할 만했다. 체력적으로 좀 지치는 건 사실이지만 이왕 방탈출을 하러 나온 김에 연방을 하니 방탈출의 매력에 더욱더 푹 빠질 수 있었다. 연방을 하고 나니 '아, 이제 나도 프로 방탈출러구나'라는 생각도 들었다.

게임과
게임 사이의 시간

방탈출 연방은 시간 배분이 중요하다. 우선 플레이어의 성향에 따라 게임과 게임 사이에 얼마나 간격을 둘지 정할 수 있다.

게임과 게임 사이를 길게 두는 이유는?

친구들과 게임을 즐긴다면 여유롭게 시간을 배분하길 추천한다. 게임이 끝난 후 보드판을 그리고 사진 찍는 시간을 고려해야 하기 때문이다. 특히 블로그나 후기를 작성하는 친구가 있다면 사진을 많이 찍어 갈 수도 있다. 보드판 그리기를 즐긴다면 그 시간도 충분히 필요하다. 온전히 테마를 향유한다는 것은 대기실에서의 시간, 방탈출 테마 속 시간, 그리고 끝난 후의 시간 전부를 의미한다. 그렇기에 한 테마가 끝나고 그다음 테마를 할 때까지 여유 시간이 짧으면 아쉬워질 수 있다.

다음으로 같은 매장이 아니라 다른 매장의 테마를 할 경우 이동 시간도 고려해야 한다. 나는 같은 지역 내에서만 이동한다는 원칙이 있다. 홍대인 경우 같은 홍대에 있는 방탈출 테마만 하는 것이다. 하지만 아예 대중교통을 타고 이동해야 되는 경우도 있을 수 있다. 하고 싶은 방탈출이 멀리 떨어져 있는 경우, 지하철이나 버스를 타고 이동한다. 홍대에서 강남으로, 강남에서 건대로 이동하는 경우가 그렇다.

그나마 다행인 점은 서울의 강·건·홍 방탈출은 지하철 2호선에 몰려 있다는 것이다. 환승까지 해야 한다면 생각만으로도 너무 귀찮다. 타 지역으로 이동 시 방탈출을 예약한 시간 외에도 이동하는 시간까지 고려해야 한다. 시간 계산을 잘해야 하는 것이다. 그렇게 시간을 소요해 대중교통을 타고 갔는데 테마가 재미없으면 고통스럽다. 시간과 돈 둘 다 허비해서 슬프다.

아직까지는 주로 서울에 방탈출이 많아서 지방 거주자들은 기차를 타고 서울로 방탈출을 하러 오기도 한다. 이를 '방탈출 원정'이라고 표현한다. 여행이기는 하지만 분명한 목적을 둔 여행이다. 주말에 올 경우 1박 2일의 일정으로 방탈출 연방을 한다. 반대로 대구나 광주, 부산으로 원정을 가는 경우도 있다. 즐거운 여행이지만 기차비, 방탈출비, 식대, 숙박비 등… 돈과 체력, 시간의 소비가 꽤 크다. 지방에서 오가는 경우엔 제발 테마가 즐거우시길!

게임과 게임 사이 식사 시간이 겹친다면 밥도 먹어야 한다. 이때 식사는 너무 과하지 않고 너무 비싸지 않은 것으로 골라야 한다. 이미 연방으로 돈을 4~6만 원(한방에 2~3만 원을 두 번) 정도 소비했기에 경제적 부담이 크다. 너무 과한 걸 먹으면… 머리도 안 돌아가고 속도 더부룩하다. 만약 방탈출 게임을 하고 있는 중 속이 좋지 않다면? 상상하지 말자… (정 급하면 인터폰으로 도움을 요청해도 된다. 매장별로 재입장이 불가한 경우도 있다). 이런 점을 고려해 식사를 하면 좋다. 간단한 분식류도 괜찮겠다.

게임과 게임 사이를 짧게 두는 이유는?

연방 사이의 시간을 짧게 두는 경우는 우선 시간 관리를 위해서이다. 또한 함께 방탈출을 하는 사람들과 처음 만나거나 어색한 사이일 경우에도 간격을 짧게 잡는 것을 추천한다. 어차피 끝나고 할 말도 딱히 없고, 서로 초면이라 어색한 사이에 오래 대기하고 있어봤자 좋을 게 없다. 카페 가서 커피 한 잔 할 수도 있지만 이 시간도 견디기 어려울 수 있다. 특히 극 I인 사람이라면 더욱 그렇다. 연방을 할 때 아직 사람들과 그렇게까지 친하지 않은 경우에는 대기 시간을 짧게 잡자.

나 또한 처음 온라인에서 구인하고 게임을 하러 갔을 때 어떤 사람이 나올지 몰라 너무나 떨렸던 기억이 난다. 그날 두 개의 테마를 연방하기로 했는데, 한 테마를 마친 후 다음 게임까지 대기 시간이 50분 정도 있었다. 무엇을 할지 몰라 쭈뼛쭈뼛하고 있던 와중에 앞 팀이 방탈출을 예상보다 좀 더 빨리 끝냈다는 소식을 들었다. 직원분은 빨리 입장이 가능한데 그렇게 하겠느냐고 제안을 주셨다. 당연하죠 야호! 운이 좋게 빨리 들어갈 수 있었고, 덩달아 어색한 시간도 줄어들어서 기뻤다.

앞 테마에 따라 갈리는 호불호

연방을 하다 보면 자연스럽게 그날 했던 두 테마를 비교하게 된다. 이때는 호불호가 더 극명히 다가온다. 내 취향을 확인해볼 수 있는 좋은 시간이 되기도 한다. 하나의 테마만 할 때는 단점이 있더라도 '이런 점이 재미있었지'라며 장점을 더 높이 평가하게 된다. 하지만 다른 테마가 훨씬 재미있을 경우 앞의 테마는 더 안 좋은 기억으로 남는다. 친구들과 음식점에서 여러 음식을 시켜서 나누어 먹으며 비교하는 것과 유사하다. 하나만 먹었을 때는 맛있다고 느낄 수 있다. 하지만 여러 개를 한꺼번에 먹다 보면 내 취향을 확실히 알 수 있다. 더 적나라한 비교 방법이다. 시험도 원래 상대평가가 더 냉정한 법.

연방을 할 때 다른 장르의 테마를 섞어보는 것도 추천한다. 첫 방으로 감성적인 스토리의 테마를 하고, 두 번째 방으로 공포나 스릴러 테마를 하는 식이다. 이렇게 연방으로 두 테마를 비교해보면 내가 어떤 장르에 끌리는지 극명하게 알 수 있다.

게임과 게임 사이, 사람과 사람 사이

연방은 방탈출에 적어도 120분의 시간과 2회의 방탈출 비용을 지불하는 행위다. 그만큼 방탈출을 좋아해야 돈과 시간을 투자할 수 있다. 연방의 메인은 게임이다. 그러나 오랜 시간을 함께하는 사람들과 시간을 보내는 방법도 서브미션으로 딸려온다. 이 서브미션을 완수하는 일은 일상 속 사람들 간의 관계와도 닮아 있다.

예전에는 회사에서 일하다 만난 사람들과 친하게 지내는

인생은 방탈출

이들이 부러웠다. 제휴사 직원들과 밥은 물론 술까지 먹으러 가는 사람을 보면 신기했다. 나는 할 말만 하고 적당한 거리를 유지하는 사람이었다. 하지만 사적으로 친분을 쌓은 인맥을 통해 일을 잘 해결하는 사람들도 있었다. 이게 부러웠다. 때로는 그렇게 되려고 아등바등해본 적도 있다. 하지만 내향형 인간인 나에게 쉬운 일은 아니었다. 의미가 없는 잡담을 주고받고, 어디까지 말해야 되는지 모르겠는 나의 사생활을 늘어놓다 보면 피로감이 몰려왔다. 집에 돌아와서는 '내가 잘 말한 거 맞나? 실수한 건 없나?' 스스로 검열하다 이불킥을 하고 자책한 적도 많다.

좀 더 시간이 지난 후에는 사람들에게 다정하게 행동하되 적당한 거리감도 필요하다는 것을 깨달았다. 방탈출을 위해 만난 사람들과는 '게임'이 중요하다. 그 밖의 시간을 어떻게 보낼지 너무 따질 필요는 없다. 내향형 인간이지만 온라인 사람들과 오프라인 만남을 가질 수 있었던 건 방탈출이 목표였기 때문이다. 방메를 구할 때 게임을 우선순위로 두듯 일상의 관계에서도 기대하는 바에 맞춰 행동하면 후회가 적어진다. 내 기력을 소진하면서까지 남에게 잘 보이려는 마음은 접었다. 너무 큰 바람을 갖지 말고, 너무 잘 지내보려고 애쓰지도 않기로 했다.

방탈출 연방을 하면 내 취향을 알아가는 뿌듯한 하루를 보내게 된다. 함께한 사람들과도 즐거운 시간, 또는 목적에 충실한 시간을 보낼 수 있다. 방탈출에서 내가 더 좋아하거나 덜 좋아하는 테마가 있는 것처럼 인간관계에서도 나와 잘 맞는 사람, 일을 위해 만나야 하는 사람 등 여러 관계가 있다. 사람에게 지나친 기대감을 갖기보다는 적당한 거리감으로 대해보자. 그 에너지를 아껴 방탈출에 쓸 수도, 정말 소중한 사람에게 쓸 수도 있으니까.

매주 서약서를 쓰는 사람

'블로그에 비밀 댓글이 달렸습니다.' 핸드폰에 알람이 떠서 내용을 읽어보았다. 얼마 전 SNS에 작성한 방탈출 테마 후기에 비밀 댓글이 달린 것이다.

"저… 제가 이 테마를 가기 전인데, 결말에 대해서 알려주실 수 있으세요?"
"이 테마 중간까지만 풀고 실패했어요. 혹시 결말이 뭐예요?"

이런 댓글이 달리면 고뇌에 빠진다. 그래도 첫 번째 댓글의 경우 단호하게 거절할 수 있다.

"아앗… 죄송하지만 그건 어려워요. 직접 가보시겠어요? 재미있는 테마니까 모르고 가시는 게 더 즐거울 거예요!"

두 번째 댓글은 결말을 알려줘야 하나 고민한다. 그래도 중간까지는 봤다는데, 얼마나 결말이 궁금할까? 마음이 안타깝다. 반전이 있는 결말을 댓글로 달아주려다가 멈칫하고 마음을 다잡는다.

"죄송하지만, 결말 부분은 알려드리기 어렵습니다. 댓글 달아주셔서 감사해요."

그래도 내 SNS 글을 읽고 댓글도 달아준 사람인데… 미안한 마음이 들지만 어쩔 수 없다. 이게 다 방탈출 문화를 위해서다. 영화, 드라마, 소설도 마찬가지지만 방탈출은 특히 테마의 내용이 유출되는 데 민감하게 반응한다. 그래서 게임을 하기 전 일종의 서약서를 쓰고 들어가야 한다. 서약서에는 기물 파손 시 변상한다는 조항은 물론 테마의 정보를 유출하지 않겠다는 발설 금지 조항이 꼭 있다. 서약서에 이름과 전화번호를 적고 직접 서명한다. 서명까지 하기에 스포일러를 절대 하지 말아야겠다는 책임감이 생긴다.

서약서는 종이, 태블릿PC나 구글폼 등 업체가 요청하는 여러 방법으로 작성한다. 모든 방탈출 테마에서 이런 서약서를 받는다. 심지어 방탈출을 하는 동안에는 핸드폰이나 스마트워치 같은 전자기기도 보안을 이유로 사용할 수 없다. 가만 보면 방탈출 테마를 할 때마다 서약서를 쓰니 나는 매주 서약서를 제출하는 사람인 셈이다. 영화나 드라마는 발설 금지 서약서를 쓸 일이 없기에 방탈출이 그보다 내용 유출에 더 엄격하다고 볼 수 있다.

스포일러를 못 하면, 리뷰는 뭐라고 써요?

방탈출 커뮤니티에서도 스포일러는 엄격하게 규제하고 있다. 예컨대 카페 '오프라인 방탈출'에는 공지 사항에 〈스포일러 관련 규정 안내〉가 있다.

"플레이해본 테마일지라도 매장 측에서 알려주지 않은 내용은 설명에 대한 요구가 금지되어 있습니다(예시: 진행하지 못한 뒷부분, 서브 문제, 이스터 에그 등). 스포일러는 입장 전까지는 알 수 없는 사실과 매장 측에서 알려주지 않는 사실을 모두 포함합니다. '이런 것도 스포일러인가?' 싶은 부분과 이미 공공연하게 알고 있는 사실(특히 매장 홈페이지에 언급되어 있지 않은 분리, 야외 구간 여부)도 언급하지 말아주세요. 본인이 스포라고 생각하지 않는 것도 누군가에게는 테마에 대한 흥미를 떨어뜨리는 요소가 될 수 있습니다." 네이버 카페 '오프라인 방탈출' 〈스포일러 관련 규정 안내〉 중

하단에는 스포일러의 기준에 대한 아주 상세한 설명도 덧붙였다. 문제 개수나 구체적인 활동성, 드러나지 않은 테마의 연출 등이 금지된다며 각각의 사례도 적어두었다. 카페에서 테마에 대한 리뷰를 남기고 방탈출에 대한 정보를 공유하다 보니 스포일러에 더욱 유의하는 것이다. 스포일러가 포함된 글은 블라인드 처리가 된다고 한다. 그러면 도대체 방탈출러들은 방탈출을 다녀온 후 후기를 어떻게 작성하란 말인가. 방탈출 내용을 구체적으로 언급할 수 없으니 대부분 감상을 위주로 글을 남긴다.

"너무~ 진짜 재미있었다!"

"(무서워서 벌벌 떠는 고양이 짤을 올리며) 두려움에 바닥을 쓸

며 구석에만 쪼그려 앉아 있었다. 정말 무섭다."

"온몸에 땀이 뻘뻘 났다. 활동성이 장난 아니다."

방탈출 리뷰는 자신의 감정이나 몸의 상태, 느낌 위주이기 때문에 내용이 한정된다. 소설, 영화, 식당, 카페 등 여타의 리뷰보다 기준이 더 엄격하다. 다른 리뷰는 최소한 사진이라도 찍을 수 있지만 방탈출은 어떤 기기도 가지고 들어갈 수 없다. 방탈출 리뷰를 쓸 때 언급 가능한 허용 기준은 홈페이지나 포스터에 나온 테마 설명 정도이다.

#혼방불가 #배고플때금지 #갬성맛집
새벽 2시부터 5시에만 오픈하는 신비로운 빵을 만드는 베이커리가 있다는데…?

방탈출 매장 '비밀의 화원' 공식 홈페이지에 나와 있는 〈새벽 베이커리〉 테마의 포스터와 홈페이지 설명이다.

홈페이지에 설명되어 있는 스토리는 후기에 써도 무방하다. 빵집이 배경이라는 점, 그래서 빵집 인테리어가 잘 구현되어 있고 감성적인 느낌이 가득한 테마라는 점을 위주로 리뷰를 작성할 수 있다.

"이 테마는 영화 ○○○이 생각난다."
"언니, 그거 근데 스포일러 아니야?"
"그런가… 그럼 그 부분은 지워야겠다."

스토리가 어떤 영화나 드라마와 유사하다는 것도 스포일러가 될 수 있다. 함께 게임을 즐기는 사람들이 모두 리뷰를 작성하다 보니 우리는 서로 스포일러를 막기 위해 도와준다. 스포일러 하지 않기, 정말 애매하고 어려운 부분이다.

방탈출은 왜 이렇게 스포일러에 예민한 것일까? 그건 내용을 알고 가면 재미가 반감되기 때문이다. 작동하는 장치의 신선함, 괴롭지만 즐거운 문제 풀이의 유희, 인테리어의 아름다움, 인상 깊은 연출 등 모르고 가야 짜릿한 쾌감을 더 느낄 수 있다.

스토리 속 주인공은 여정이 시작되기 전에는 이야기가 어떻게 흘러갈지 모른다. 살아가는 일도 마찬가지이다. 도대체 우리 앞에 어떤 방과 어떤 문제가 나타날지 모른다. 인생도 방탈출도 스포일러가 없어야 더 재미있다. 그러니 더욱 흥미진진한 방탈출을 위해 스포일러는 물어보지도, 하지도 말자!

혼밥 말고 혼방이요

'홍대 혼방*'을 검색한다. 검색창 아래로 갑자기 음식점이 줄줄이 등장한다. 초록창은 제멋대로 검색어를 '홍대 혼밥'으로 바꾸었다. 맛있어 보이는 양식, 한식 이미지가 연속으로 뜬다. 배가 고프지 않았는데 사진을 보니 허기가 진다. 혼자 밥을 먹는다는 '혼밥'이라는 단어는 이제 어느 정도 자리 잡았다. 하지만 아직 혼방이라는 말은 낯선가 보다. 나 역시 혼방은 낯설었다. 30방에 이를 때까지 혼방을 단 한 번도 해 본 적이 없었다. 방탈출 횟수가 많지 않고 아직 실력이 부족해서 혼자 방에 들어간다면 너무나 쩔쩔맬 것 같았다.

* '혼자서 방탈출을 하는 것'의 줄임말이다.

하지만 방수가 많지 않더라도 열의만 있다면 혼방에 도전해볼 수 있지 않을까? 과연 혼방을 하면 어떤 기분일지 궁금해서 순전한 호기심에 방탈출을 예약했다. 검색은 음식 사진들 때문에 배가 고파지므로 포기, 대신 방탈출 커뮤니티에서 혼방 추천 테마를 찾아보았다. 그중 힌트가 무제한인 곳으로 예약했다. 큼! 실패해도 되지만 체면이 있는데 가급적 성공하고 싶었다.

혼방을 가기 전날은 너무나 떨렸다. 마치 공포 테마를 가기 전날 밤에 느끼는 두려움과 같았다. 문을 열고 들어선 방탈출 카페의 공기는 어색했다. 첫 타임이라 대기하는 손님도 없었다. 평소 같았으면 팀원들과 포스터가 어떻니 대기실이 어떻니 떠들었을 텐데 말을 할 사람도 없었다. 어색함을 견디며 조용히 동의서를 쓰고 직원분에게 자물쇠 설명은 필요 없다고 다소 쿨하게 말한 후 테마에 입장했다. 자물쇠 설명이 필요 없다는 건 방탈출을 어느 정도 해본 숙련자라는 뜻이니까 후훗. 굳이 몇 방이라고 말하지 않아도, 나 방탈출 좀 많이 해봤다는 티를 내고 싶었다.

자물쇠 설명은 괜찮다고 쿨하게 넘긴 것이 무색하게 입장
후 5분도 채 되지 않아 첫 문제부터 힌트를 썼다. 문제를 파
악하고 난 뒤 '아~ 이거 아주 쉽지'라고 생각했는데… 웅, 안
맞네. 답이 맞질 않았다. 나는 계속 틀린 답을 몇 번이고 집
어넣고 있었다. 다른 방향으로 생각을 해봐야 하는데 방법이
떠오르질 않았다. 결국 인터폰을 드는 수밖에 없었다.

"저…."

무슨 문제인지 말하기도 전에 직원분은 훤히 보인다는 듯
친절히 답변하셨다. 아까 내가 멋있는 척 말한 게 민망해질
만큼 아주 다정한 목소리였다.

"문제가 안 풀리죠? 그 문제는…."

그는 나를 계속 지켜보고 있었다. CCTV로 내가 우물쭈물
대는 행태를 보다가 어떻게 풀면 되는지 친절히 설명해줬다.

힌트를 듣고 문제를 풀고 나니 갑자기 더 긴장되었다. 누군가 날 보고 있다는 생각에 자물쇠를 든 손이 부들부들 떨렸다. 답을 듣고 나니 허무했다. 아니 이렇게 쉽게 풀리는 문젠데, 조금만 다르게 생각해보면 되는데, 왜 막상 게임을 할 때는 그런 생각이 안 나는지. 이후로도 관찰력이 부족해서 또 다른 문제에서 힌트를 쓰고야 말았다.

특정 방에서는 갑자기 어둡고 침침해지는 바람에 조명 빛이 새어 나오는 곳을 찾아 문제가 적힌 지문을 읽었다. 다 끝나고 나오니 직원이 사실 그 방에는 스탠드가 있다고 알려줬다. 아, 그는 CCTV를 보면서 얼마나 답답했을까.

혼자였지만 의외로 정말 시끄러웠다. 도대체 홀로 있으면서 왜 이리 소음을 내는지 귀에서 피가 날 뻔했다. 듣는 사람도 없는데 몇 번이고 감탄사를 내뱉으며 중얼거렸다. "아, 왜 안 돼!" "뭐시여!" 등 내가 하는 샤우팅이 허공에 흘러넘쳤다. 그 소리는 벽을 타고 온전히 내 귀로 다시 들어왔다. 아무도 듣는 사람이 없어도 이렇게 중얼거리는구나….

친구들이 평소 내가 지문을 읽으면 아주 시끄럽다고 하는데 혼자 있을 때도 그렇게 소리 내어 읽는다는 것을 깨달았다. 마음속으로 몇 번이고 '애들아 미안했다'를 되뇌었다. 혼자서 하는 방탈출은 아주 산만했다. 시계를 봤다가 방을 뒤졌다가, 지문을 다시 읽었다가… 우리 엄마가 직원 대신 CCTV를 지켜봤다면 가만히 좀 있으라고 불호령을 내렸을 것이다.

힌트도 종종 썼지만 많은 문제를 풀었다. 지문을 읽으며 '이렇겠거니' 하는 예상이 확신으로 바뀌면 희열이 생긴다. 자물쇠가 딸깍딸깍 열릴 때마다 머리끝부터 발끝까지 짜릿하다. 고양된 긴장감이 환희로 바뀐다. 온전히 스스로 푼 문제들이 많아지자 자신감이 쑤욱쑤욱 오른다. 이 희열은 완전 나만의 것이라고! 누구랑 서로 지분을 다툴 필요도 없다. 나.혼.자 풀었으니까.

다행히도 나는 혼방에 성공했다. 팀원들에게 혼방에 성공했다고 카톡 할 자격이 생겼다. 게임이 끝나고 마지막 방을 나오면서 어깨가 한껏 솟았다. 물론 굉장히 쉬운 테마였지만, 물론 힌트도 좀 썼지만! 해낼 수 있다는 자신감이 생겼다. 직원분이 찍어주신 인증샷을 방탈출 팀원들 단톡방에 당당하게 올렸다. 나 홀로 들고 있는 보드판에는 '성공'이란 두 글자가 빛나고 있었다.

누구나 혼방이어도 혼자이지는 않다

혼방은 나 자신의 장점과 단점을 온전히 깨닫는 기회가 되었다. 단점으로는 고집이 세고 산만한 성격을 꼽을 수 있다. 반면 내가 잘하는 것도 분명히 있다. 글자를 이용하는 문제의 경우 빠르게 이해하고 쉽게 풀 수 있었다.

온전히 혼자서 방을 나와야 했기 때문에 책임감이 가득한 시간이었다. 절대 한눈팔 수 없다. 하긴 같이 놀 사람도 없다. 남들과 함께였다면 아마 하지 못했을 경험이다. 남들이 더 재빠르게 문제를 풀어버릴 수도 있고, 남의 눈치를 보느라 내가 실력 발휘를 못 했을지 누가 알겠는가. 혼방을 하고 난 기분은 마치 감정에 흠뻑 취해 노래를 부르고 녹음 파일을 들었을 때 느끼는 절망감이라고나 할까. 부를 때는 감미롭다고 생각했는데 내 귀로 들어보니 느끼하다. 세련되게 불렀다고 생각했는데 웅얼거린다. 혼방을 해보니 지금껏 느끼지 못했던 내 모습을 적나라하게 알 수 있었다.

혼방은 혼자 여행하는 것과 비슷하다. 행선지도 내 마음대로 선택하고 메뉴도 내 방식대로 고를 수 있다. 그래서 나 자신을 더욱 잘 알게 된다. 내 멋대로 할 수 있는 시간이다. 하지만 나를 지켜보는 누군가의 시선이 없었다면 방을 무사히 나오지 못했을 것이다. 나를 위해 힘써주신 아르바이트생! 끝나고 잘해주셨다는 칭찬과 함께 폴라로이드 사진까지 찍어줬다. 매우 뿌듯했다. 그분의 도움 덕분에 탈출할 수 있었다.

혼방이라고 하면 김재진의 〈누구나 혼자이지 않은 사람은 없다〉라는 시에 담긴 "혼자만의 시간에 깃들라"라는 구절이 떠오른다. 사랑하는 반려자도, 친구와 부모님도 모두 보물 같지만 혼자만의 시간에 깃들어보라는 말이 너무 멋지다. 나 역시 혼자가 주는 방탈출의 여운에 깊이 빠졌다. 혼방으로 온전히 혼자만의 시간을 즐길 수 있었다. 하지만 지금의 나를 만들어준 방탈출 동료들과 아르바이트생이 없었다면 해내지 못했을 것이다. 실상 CCTV로 나를 지켜보시던 직원이 없었더라면… 역부족이다. 누구나 혼자 있어도 혼자가 아닌 것이다.

가방 대신 연방,
취미는 각방

"그래서 결혼기념일 선물은 명품 가방 하나 받니?"

"음… 그것보다는…."

결혼기념일에는 평소보다 조금 비싸고 맛있는 밥을 먹고, 카페에 가서 커피를 마시고, 기념일에 하면 좋다는 방탈출 테마를 찾아갔다. 재미있게 했지만 두 명에서는 역부족이었는지 실패했다. 결혼기념일 선물, 솔직히 가방보다는 연방이 더 좋다.

나는 30대 중반이다. 나와 같이 방탈출을 하는 언니는 얼마 전 이런 말을 들었다고 한다.

"방탈출은 대학생들이 많이 하는 거 아니에요?"

너무 속상한 말이다. 더 나이 들어서도 방탈출을 하고 싶은데! 방탈출을 하는 친구들끼리는 서로 테마에 대한 이야기를 주로 나눈다. 하지만 30대 여성들의 주요 관심사는 방탈출이 아니다. 그들의 주요 관심사 중에는 명품도 있다. 이제는 생일에, 결혼기념일에 명품백을 사거나 선물받았다는 이야기가 왕왕 들린다.

하지만 나는 명품에 관심이 없다. 소득이 부족해서라기보다는 명품에 큰 가치를 두고 있지 않기 때문이다. 지금보다 돈을 두세 배 더 벌어도 비싼 가방을 살 것 같지는 않다. 지금은 비싼 가방을 사는 것보다 방탈출을 하는 게 좋다. 200만 원짜리 가방을 사는 것보다 100번의 방탈출을 하는 게 즐겁다. 사람은 계속 변하니 나중에는 관심사가 바뀔지도 모를 일이지만, 현재 나에게는 가방보다 연방이 가치 있다.

남편과는 방탈출을 몇 번 했다. 우리 둘의 방탈출은 대부분 실패했다. 아직 둘 다 실력이 좋지 못해서 둘이서만 게임을 하면 실패율이 높다. 그래서 나는 잘하는 친구들 포함 세 명이서 하는 게 더 낫다는 결론을 내렸다. 실력을 떠나 방탈출은 세 명이 하는 게 정석이라는 생각이다. 인원이 너무 많으면 문제를 풀지 못하는 사람이 생길 수도 있고, 인원이 적으면 문제 자체를 풀기가 어렵다. 내 남편은 별로 방탈출을 좋아하지도 않는 데다 둘이서 하면 실패율만 높아지니 뭐 굳이 같이 할 필요가 없다.

그렇지만 그는 방탈출을 보상 시스템으로 잘 활용하고 있다. 예를 들어 내가 대견스러운 일을 했거나, 힘든 집안일을 해냈을 때 보상 시스템을 발동시킨다. 예컨대 선물을 줘야 할 때면 별안간 이런 말을 한다.

"우리 오늘 방탈출 하러 갈까?"

마치 반려견에게 산책 좀 가보자고 하는 것 같은 말투다. 밖으로 나가자고 하면 강아지들은 좋아서 꼬리를 흔든다. 나 역시 보상인 걸 뻔히 알면서도 기분이 좋았다. 사실 급작스러운 방탈출은 재미가 없다. 워킹*으로 갈 수 있는 테마는 인기가 별로 없다는 뜻이고, 곧 퀄리티가 떨어질 확률이 있기 때문이다. 그래도 남편의 마음이 바뀔까 봐 바로 대답한다.

"응응, 바로 찾아볼게!"

취향은 정답이 없으니까요

워킹으로 간 방탈출도 남편과 함께 하면 자주 실패한다. 그에게 재미를 못 느끼는 이유를 묻자 몰입이 안 된다고 한다. 그는 나보다 몰입을 못 한다. 아무래도 방탈출이 가상의 세계라는 인식이 강하다. 가상의 세계에서 이미 답이 정해져 있는 문제를 푸는 것에 재미를 느끼지 못한다. 그런 의지가 부족하다 보니 방탈출 속에서 몰입해야만 보이는 것들을 찾아내지 못한다. 특정 연출이 있을 때 이를 받아들이는 것도

- 방탈출을 사전에 예약하지 않고 즉흥적으로 가는 것이다. 방탈출 테마의 예약이 치열하지 않은 경우 워킹이 가능하다.

인생은 방탈출

어색해한다. 방탈출은 테마에 몰입하거나 문제 푸는 재미를 느껴야 하는데 두 가지 모두에 흥미가 없다. 때문에 대부분의 문제를 내가 풀어야 하는데 나 또한 경험이 많지 않다 보니 헤맨다. 헤맬 때 옆에서 팀워크를 발휘해줘야 하는데 둘 다 실력이 부족해서 문제를 놓치고 만다. 내가 감탄하는 연출이나 장치에도 남편은 큰 감흥이 없다.

이리저리 움직여야 하는 활동성이 많은 테마를 하고 나면 남편은 "역대급으로 힘들었다"라고 말한다. 많이 움직인 테마를 마친 후 집에 오자 축구를 하고 와도 쌩쌩한 양반이 낮잠 두 시간을 내리 잤다. 곤히 자는 모습에 가슴이 아팠다. 게다가 쫄보라서 공포 테마를 데려가는 건 엄두도 못 낸다. 나중에 정말 큰 잘못을 했을 때 벌칙처럼 데려갈 생각이다.

그런 이유로 남편에게 방탈출을 지나치게 강요하지 않는다. 보통은 친구와 함께 간다. 주말을 친구와 보냈다고 하면 사람들은 신기해한다. 부부는 함께 취미 생활을 해야 하지 않냐고 묻는다. 남들은 주말부부라던데 우리는 주간 부부인가? 부부는 많은 것을 같이 하지만 취미 생활은 다르게 할 수도 있다. 함께 방을 쓰지만 취미만큼은 각방인 셈이다. 남편은 축구를 좋아하지만 나는 축구를 좋아하지 않는다. 나는 방탈출을 사랑하지만 남편은 방탈출을 즐기지 않는다. 대신 우리는 함께 독서 모임을 한다. 책을 읽고 이야기를 나눌 때 즐겁다. 함께 읽은 책이 꽤 많다. 모든 일을 함께 할 수는 없지만 이야기를 나눌 수 있는 부분은 충분히 있다. 내가 방탈출을 하고 오면 남편이 물어본다.

"이번에 활약 좀 했나?"
"아니, 이번에도 옆에서 자물쇠만 돌렸지."

가방 대신 방탈출에 돈과 시간을 투자하고 부부가 함께 취미 생활을 하지 않는 게 독특해 보이나 보다. 인생은 짧은데 남들과 무리하게 맞춰가려고 할 필요는 전혀 없다. 방탈출 문제에는 정답이 정해져 있지만 취향은 정답이 없다. 가방 대신 연방이 좋다. 그리고 나이가 더 들어도 방탈출은 계속 할 거다!

★

방탈출을 이해하기 위한 용어 사전

방탈출을 이해하기 위한 용어를 한자리에 정리했다. 너무 마니악한 단어는 제외했으며, 여기에 포함된 용어만 알고 있어도 방탈출러들이 하는 말을 다 알아들을 수 있다. 알아두면 방탈출을 더 재미있게 즐길 수 있다.

방탈출 기본 표현

가이드 테마를 이끌어주는 것. 어떤 문제를 풀어야 하는지, 어떻게 진행해야 하는지 알려주는 방식이다.

기대컨 '기대치를 컨트롤'한다는 말로, 유명하거나 재미있다고 소문난 테마를 갈 때 너무 기대해서 오히려 실망하지 않도록 마음을 다스리라는 뜻이다.

맥거핀 영화에서 중요한 것처럼 등장하지만 실제로는 줄거리에 영향을 미치지 않는 극적 장치를 뜻

한다. 히치콕 감독이 〈싸이코〉 등 자신의 영화에서
사용하면서 보편화됐다.

바주카 구간 공포도가 매우 강해서 바주카포처럼 강력
한 특정 구간.

방메 '방탈출 메이트'의 줄임말로, 방탈출을 함께 하는
사람.

방수가 쌓이다 방탈출을 한 횟수가 늘어나는 것.

방탈출러 ~하는 사람을 '~러'라고 붙이는 데서 나온
용어로, 방탈출을 하는 사람.

병풍 문제를 풀지 못해 그냥 서 있는 상태.

분리 구간 특정 구간에서 각자 떨어져서 플레이해야
하는 구간.

삑딱쾅 장치를 발동할 때 '삑-딱-쾅!' 같은 소리가 나
는 것. 방탈출러를 놀라게 하는 요소로 작용한다.

셀뚝 '셀프 뚝배기'의 줄임말로, 혼자 어렵게 꼬아서
생각해 시간이 지체되는 것.

워킹 방탈출을 사전에 예약하지 않고 즉석에서 하러
가는 것. 방탈출 테마의 예약이 치열하지 않은 경

우 워킹이 가능하다.

쫄 쫄보의 줄임말로, 공포 구간에서 쪼그라드는 사람.

키강 신청 방탈출 카페 중 '키이스케이프'의 테마들이 인기가 많아서 방탈출을 예약할 때 수강 신청을 하는 것처럼 치열하다는 의미에서 키강 신청이라고 표현한다.

탱 탱커의 줄임말로, 공포 구간에서 용감하게 나아가는 겁이 없는 사람.

혼방 '혼자서 방탈출을 하는 것'의 줄임말.

방탈출의 테마별 표현

장르 방탈출 홈페이지에 들어가면 장르라는 것이 있다. 이 장르를 보고 방탈출을 하면 기본적인 스토리를 유추할 수 있기 때문에 테마를 선택할 때 장르를 염두에 두면 좀 더 용이하다. 방탈출의 장르는 정말 많다. 예를 들어 극단적인 두 장르로는 감성 테마인 '감테'와 공포 테마인 '공테'가 있다. 이 외에도 SF, 로맨스, 일상, 게임, 힐링, 액션, 추리, 드라마, 코미디, 동화, 어드벤처, 야외, 성인물 등 수많은 장르가 있다. 하지만 방탈출은 영화처럼 장르가 분명하게 똑떨어지지는 않는다. 반전의 스토리가 있는 경우도 있고, 심지어 장르가 물음표이거나 공란으로 되어 있어 모든 것이 의문에 싸인 테마도 있다. 과연 장르가 무엇인지 모르는 테마의 경우 더 가고 싶어지는 느낌이 들기도 한다.

감테 '감성 테마'의 줄임말이다. 감성을 자극하고 힐링을 주는 드라마 계열의 테마를 이야기한다. 장르가 드라마나 감성이 아니더라도 내가 스토리에서 감동을 느꼈다면 감테라고 말할 수 있다. 감성 테마의 경우 공포 테마보다는 진입 장벽이 낮다. 무서운 것보다는 접근하기 쉽기 때문이다. 하지만 억지 감동을 싫어하는 사람은 감테를 싫어하기도 한다. 오그라듦에 치를 떤다. 나와 함께하는 방탈출 메이트들은 감테보다는 스릴러 테마를 선호한다.

공테 '공포 테마'의 줄임말이다. 공포감을 느낄 수 있는 연출이나 스토리가 구성되어 있다. 최근에는

'스릴러 테마'와 구분이 조금 애매한 부분이 있다. 스릴러 테마는 으스스한 분위기만 준다면, 공포 테마는 직접적으로 공포스러운 연출이 나오는 경우도 있다. 하지만 이 또한 테마 안에 들어가보지 않는 이상 정확히 어떤 기준으로 스릴러와 공포를 가르는지 알기 어렵다. 공포 테마에 도전하기는 무섭지만 조금 궁금하다면, 우선 장르가 '스릴러'라고 구분되어 있는 테마를 먼저 해보는 것도 좋다. 그래서 방탈출러들은 공테를 해보고 싶은 마음에 약공테(다른 공포 테마보다는 조금 덜 무서운 약한 공포 테마)를 추천해달라는 이야기도 한다. 아, 그리고 내가 겁이 많다면 '탱'을 꼭 데리고 갑시다.

야방 방탈출은 실내 방탈출과 야외 방탈출로 나뉜다. 아직까지 국내 방탈출의 대부분은 실내 방탈출이다. 위키백과에서도 방탈출은 '방에 갇혀 추리하여 탈출을 목적으로 하는 일종의 게임이다'라고 정의한다. 하지만 야외 방탈출은 '방'이라는 물리적인 공간을 탈출하는 것이 아니라 외부 지형지물을 활용한다. 여기에서의 방은 우리가 생각하는 집 안의 방이 아닌 공간의 개념이라고 보면 되겠다. 야외 방탈출을 하면 야외를 돌아다니면서 주변 환경을 이용해 문제를 푼다. 야외에서 갑자기 실내로 돌아가기도 하는데, 이를 '반야방'이라고 한다. 야방을 해보고 싶은 경우 날씨가 좋은 날 할 것을 추천한 방탈출러들은 아주 더운 여름이나 손이 시린 추운 겨울의 날씨를 빗대어 '야방 못 하겠다'라고 표현하기도 한다. 비가 오는 경우 우산이 구비되어 있기도 하다.

꾸금 테마 19금 방탈출 테마라는 뜻으로, 성인들이 즐길 수 있는 방탈출이다. 19금 테마를 약간 귀엽게 표현한 말이다. 폭력성, 잔인함, 선정성 때문에 19세를 걸어두었을 수도 있다. 꾸금 방탈출을 하게 되는 경우 신분증 검사를 하기도 한다.

세상에 자물쇠가 이렇게 많았나요?

자물쇠는 방탈출을 할 때 꼭 필요하다. 방탈출을

하러 가면 직원들이 시작 전에 물어본다. "자물쇠 설명 해드릴까요? 이 중 모르는 자물쇠 있으세요?" 정말 이 말은 귀에 못이 박히도록 듣게 된다. 어느 정도 방수가 쌓이면 약간 거만한 표정으로 "아니요, 괜찮아요" 대답하며 넘길 수 있지만, 방탈출을 처음 해보거나 방수가 적은 경우 자물쇠를 꼭 설명해달라고 하자. 자물쇠 푸는 방법을 모르면 탈출은 쉽지 않다.

1. **8자리로 된 자물쇠** 번호를 누른 후 하단의 걸림 부분을 잡아당기면 열린다.

2. **방향 자물쇠** 좌우·위아래로 방향을 입력할 수 있다. 방향에 따라 움직였다가 위로 힘껏 당기면 된다. 위의 쇠고리를 탁탁 세 번 눌러주면 초기화되니까 진행하기 전에 세 번 눌러주자.

3. **마스터 자물쇠** 숫자나 영문, 국문을 넣은 후 잡아당기면 열린다. Master라고 쓰인 선에 맞추어야 한다. 마스터 자물쇠는 '!, ?, -' 등 기호가 함께 있기도 한데, 기호가 답에 포함된 경우도 있다.

4. **숫자 자물쇠** 옆면에 숫자를 넣어야 하는 위치가 표기되어 있다. 삼각형 표시(▼)가 있거나 빨간 선이 그어져 있다. 그 선에 맞추어 숫자를 입력하고 걸쇠를 당겨야 한다. 선이 없는 측면에 맞추면 열리지 않는다(방수가 10번 미만이었을 때 내가 많이 한 짓이다).

5. **금고** 답을 누르고 E를 눌러야 한다. 세 번 실패하면 몇 분 동안 잠기는 경우도 있어서 신중하게 눌러야 한다.

6. **키패드, 도어록** 번호를 누른 후 # 또는 *을 눌러줘야 한다.

5, 6번은 자물쇠 모양은 아니지만 일반적으로 방탈출에서 자물쇠처럼 문제를 풀 때 많이 사용되는 물품이기 때문에 자물쇠와 함께 설명했다. 이 밖에도 내가 모르는 자물쇠가 있을 수도 있다. 처음 보는 자물쇠를 발견했을 때 굉장히 신이 난다면 당신은 프로 방탈출러입니다.

장치 방탈출을 할 때 자물쇠가 아닌 다른 물체를 조작해야 문제가 풀리는 경우를 뜻한다. 기계에 코인을 넣거나 다이얼을 돌려 전화를 거는 등 특정 행동을 통해 다음 문제로 가는 방식이다. 다른 테마에서 보지 못한 장치를 보면 굉장한 흥분을 느낄 수도 있다. '방탈출에서 이런 것도 가능하다고?'라고 감탄하게 하는 고도화된 장치들도 점차 등장하고 있다.

장치 vs 자물쇠 게임을 할 때 장치와 자물쇠의 비중이 얼마나 되는지를 뜻하는 말이다. 방탈출을 한 후 리뷰를 남길 때 후기에 이 비중을 언급하기도 한다. 자물쇠가 정말 많은 '자물쇠 방'이 있을 수도 있고, 전부 장치로만 구성된 '장치 방'이 있을 수도 있다. 자신이 어떤 방을 좋아하는지 알아보는 것도 테마를 선택하는 데 도움이 된다. 방탈출은 가격이 싸지 않다. 때문에 후회하지 않기 위해서는 문제 유형이나 장치와 자물쇠 비중이 나와 있는 후기를 미리 보고 선택하자(ex: "장치가 7, 자물쇠가 3 정도로 문제 수가 나뉜 것 같아요. 저는 처음 보는 신기한 장치가 많아서 좋았어요." 혹은 "저는 자물쇠 따는 맛이 신나서 자물쇠가 주렁주렁 달린 문제 방이 좋아요!").

숙련자들만 가는 주렁주렁 자물쇠가 달린 문제 방을 방탈출을 한 번도 안 해본 초보가 아무 생각 없이 갔다면? 생각만 해도 속상하다. 잘 풀 수도 있지만 재미를 들이기도 전에 질려버릴 수도 있다. 장치를 못 풀면 장치감이 없다고 표현한다. 방탈출을 몇 번 해보면 내가 장치에 약한지 문제에 약한지, 어떤 것을 못 푸는지 알 수 있다.

연출 테마에서 스토리에 감흥을 주기 위한 하나의 방법이다. 공포 테마에서는 플레이어들에게 공포스러운 콘텐츠를 체험시킨다는 의미도 있다. 예를 들어 테마 안에서 어떤 물건이 떨어지거나 조명이 바뀌거나 극 중 캐릭터가 등장하여 연기를 펼치는 것도 연출이라고 한다.

하단의 표현은 개인의 만족도를 따른다. 나에게 꽃길이라도 누군가에게는 흙길일 수도 있다(하지만 대다수가 흙길로 표현하는 방탈출 테마라면 피하는 것도 지혜다). 방탈출러들이 꽃길이나 인생 테마로 많이 꼽은 테마를 가면 후회할 확률이 줄어든다.

흙길 → 풀길 → 꽃길 → 인생 테마

흙길 방탈출에서 비교적 만족하지 못한 테마를 뜻한다. 그야말로 별로 좋지도 않고 추천하고 싶지 않은 테마이다. 문제가 억지스럽거나 난이도가 맞지 않거나 스토리가 이상하거나 노후화가 너무 심하거나 등 여러 가지 이유로 만족하지 못할 때 이 평점을 준다. 하지만 방탈출을 많이 해본 경험자가 오히려 흙길이나 풀길도 가리지 않는 경우도 있다. 이럴 때 "흙풀 안 가려요"라고 말한다.

풀길 방탈출에서 무난하게 중간 정도로 만족한, 플레

이할 만한 테마를 뜻한다. 어느 정도 돈 낸 값어치
는 하지만 또 남에게 자신 있게 추천할 만한 테마
는 아니다.

꽃길 방탈출에서 재미있게 했거나 감흥이 있는 테마
를 뜻한다. 스토리가 뛰어나거나 문제가 재미있게
풀리거나 인테리어가 독보적이라는 등 여러 가지
이유로 만족도가 높은 테마를 뜻한다.

인생 테마 전반적으로 만족도가 커서 지금까지 한 방
탈출 중 손에 꼽을 정도로 만족한 테마를 뜻한다. 며
칠이 지나도 여운이 가시지 않는 테마를 만났을 때
우리는 '인생 테마'를 했다고 한다. 진정한 방탈출러
로 거듭날 때는 인생 테마를 만난 이후 아닐까?

이 외에도 흙풀길, 풀꽃길, 꽃밭길 등으로 각 단계
사이의 만족도를 표현하기도 한다. 각 리뷰어마다 표
현하는 방식이 다르므로 이 표현들은 생략했다.

읽다 보니 방탈출을 하고 싶어요 ①

"언제 한번 방탈출 가시죠."

방탈출을 하다 보면 많이 하고 많이 듣게 되는 말이다. 하지만 방탈출 경험이 없는 경우 방탈출을 도대체 어떻게 가야 할지 막막할 것이다. 팝업스토어나 유명한 카페를 가는 경우 예약 방법 정도만 알아두면 된다. 하지만 방탈출은 뭔가 무턱대고 가기에 조금 막막한 기분이 든다. 어떻게 방탈출을 하러 갈 수 있는지 그 방법을 소개해보겠다.

1. 함께 갈 사람을 찾는다.

방탈출을 처음 해보는 사람이 혼자 하기는 쉽지 않다. 우선 함께 갈 사람을 구해보자.

❶ 친구나 지인들에게 방탈출을 해보자고 꼬셔보자.

방탈출은 서울의 경우 주로 강남, 홍대, 건대 쪽에 있어 접근성이 편리해 약속을 잡기에 좋다.

❷ 주변인과 함께 가기 어려운 상황이라면 온라인에서 방탈출을 함께 할 사람을 찾아보자.

네이버 카페 '오프라인 방탈출' https://cafe.naver.com/escaperoomcafe '오프라인 방탈출'의 카테고리 〈일행 구하기〉에서 방탈출을 함께 할 사람을 구할 수 있다. 특정한 팀에 소속되어 방탈출을 하고 싶다면 〈팀원 및 모임 모집〉에서 팀을 찾을 수 있다.

잼핏 앱 '잼핏' 내의 〈동행탐색〉을 통해 동행일자, 모집 방식, 장르, 지역을 정해 함께 방탈출을 할 사람을 구할 수 있다.

이 외에도 카카오톡 오픈 채팅방, 온라인 방탈출 커뮤니티, 인스타그램 등을 통해 구인할 수 있다. 방탈출 경험이 있는 사람과 함께 가는 것이 감을 잡기에는 더 좋지만, 방탈출 경험이 없는 사람들끼리도 으쌰 으쌰 문제를 풀어나갈 수 있다. 우선 함께 할 사람을 찾는 것이 첫 번째 과제이다.

2. 방탈출 어디를 가야 할까?

방탈출에서 가장 중요한 것은 테마이다. 어떤 테마를 해야 잘했다고 소문이 나고 만족도가 올라갈까?

❶ 우선 주변에 방탈출을 좋아하는 사람이 있다면 테마 추천을 받아보자. 추천을 부탁할 때는 이렇게 구체적으로 말하는 게 좋다.

"무서운 건 못 할 것 같고 처음 하는 사람 세 명이 갈 예정이에요. 쉽고 발랄하면 좋겠어요. 건대나 강남 쪽에서 만나서 할 거고요."

그러면 방탈출 마니아들은 신나서 추천을 해줄 거다. 원래 덕후들은 남에게 추천해줄 때 자신의 덕력을 자랑하며 가장 기뻐하는 법이다. 혹은 지금 적은 글을 네이버 카페 '오프라인 방탈출' 같은 곳에 올려도 방탈출러들이 다양한 테마를 추천해줄 것이다.

❷ 온라인에서 방탈출 테마 정보 알아보기

네이버 카페 '오프라인 방탈출' '오프라인 방탈출'은 네이버 카페 중에서 가장 랭킹이 높고 유명하다. 이곳에서 방탈출 후기나 쉬운 방탈출 테마 소개 글을 볼 수 있다. 방탈출 초보자들을 위한 유명한 테마를 모아둔 게시물도 있고 추천 글도 많다. 테마에 대해 궁금한 점이 있으면 질문도 할 수 있다.

코로리 방탈출 https://colory.mooo.com 전국 방탈출 테마의 지역별 랭킹을 볼 수 있다. 사람들이 많이 추천한 테마는 랭킹이 높다. 단, 랭킹이 높다고 해서 초보자에게도 재미있는 건 아니니 랭킹을 보고 상세한 내용을 담은 해당 테마의 블로그 리뷰 등으로 초보자들이 가기에 적절한지 확인할 것을 추천한다.

전국방탈출 일명 '전방'이라 부르는 방탈출 앱. 전국에 있는 방탈출 소개를 볼 수 있다.

잼핏 최근 생긴 방탈출 앱. 장르별 방탈출 추천 테마를 볼 수 있고, 요즘 핫한 테마 차트도 확인할 수 있다.

빠른 방탈출 일명 '빠방'이라 부르는 방탈출 앱. 빠른 방탈출 예약과 평점 조회를 위한 앱으로, 지금 바로 근거리에서 예약할 수 있는 방탈출 테마들을 보여준다.

위에 언급한 카페나 앱들을 통해 괜찮은 테마를 고를 수 있다. 이뿐 아니라 블로그 리뷰 등을 통해 난이도가 너무 어렵지는 않은지, 초보자가 하기에 적절한지 등을 확인하고 테마를 고르는 게 좋다. 그리고 하러 가기 전에 먼저 테마 후보를 세 개 정도 골라두는 것이 좋다(이유는 다음 편에 이어서 말씀드리겠다).

두 번째 방
▼

함께 갇히고 싶은 사람들

방탈출 문제) 앞에만 서면
나는 왜 작아지는지

"저 더 이상 앞으로 못 가겠어요."

한계에 직면한 출연자가 눈물을 터트렸다. 안타까운 장면이었다. TV를 보던 남편은 출연자를 향해 한마디 했다.

"진짜 왜 저래? 나약하네."

남편은 감상을 말한 것뿐이지만 공감할 수 없었다. 문제의 벽 앞에서 가로막힌 출연자가 얼마나 막막한 기분일지 알 것 같았기 때문이다. 예능 프로그램이나 서바이벌 예능을 볼 때 눈길을 끄는 출연자들이 있다. 이기적으로 행동해서 빌런이 되는 캐릭터도 있다. 하지만 나는 나약한 이들이 눈에 밟힌다. 그들은 남들보다 느리고 어수룩하거나 문제 앞에서 좌절해서 비난의 대상이 된다. 고구마 백만 개를 먹은 듯한 행동이 답답함을 자아낸다. 반면 어설픈 면모로 남들을 웃게 하기도 한다.

사람들은 그들을 비웃지만 나는 이렇게 생각한다. '나라고 다르지 않아. 내가 저기에 있다면 그렇게 행동하지 않을 수 있을까?' 이를 깨닫게 된 이유는 방탈출 때문이다. 나 또한 문제 앞에서 남들보다 바보같이 굴고, 좌절감을 느낀 적이 있다. 문제 앞에 서면 나는 나 자신과 동료를 알게 된다.

문제를 볼 때면 화가 난다

"여기가 마지막 방인가 봐."

방탈출 테마에 들어가기 전에는 방이 몇 개인지, 문제가 몇 개인지 규모를 알 수 없다. 그렇기 때문에 어느 정도 시간이 지나면 이제 슬슬 끝나기를 기대하며 다음 방에 들어

갈 때가 있다. 그날도 몇 개의 방을 지나왔으니 이제 마지막 방이리라 예상하며 들어간 찰나였다. 그런데 웬걸, 자물쇠가 주렁주렁 달려 있는 방이 기다리고 있었다. 풀 문제가 아주 많다는 뜻이다. 반면 주어진 시간은 5분도 채 남아 있지 않았다. 다들 육성으로 말했다.

"망했다."

이 테마를 실패할 것 같다는 예감이 짙게 들었다. 나는 좌절에 빠져 문제를 풀 의욕을 잃고 말았다. 잠깐 멍을 때리고 있었는데 그사이 후다닥 움직이던 친구가 외쳤다.

"이거 이렇게 하면 돼! 풀었어!"

친구는 빠르게 지문을 읽고 문제를 해결했다. 생각보다 어렵지 않은 문제였다. 그 뒤로도 간단하게 풀 수 있는 문제들이 이어졌다. 다들 정신을 차리고 집중해서 문제를 풀었다. 다행히 정말 몇 초를 남기고 탈출에 성공할 수 있었다.

'호랑이한테 물려가도 정신만 차리면 산다'는 속담이 있다. 방탈출을 할 때는 정신을 차리는 게 정말 중요하다. 방탈출 게임을 하며 나 자신이 위기감에 쉽게 굴복하는 사람임을 깨달았다. 문제가 많이 남았는데 남은 시간이 얼마 없으면 멘탈이 무너진다. 짜증도 확 난다. 하지만 그럴 때 누군가는 재빠르게 문제를 파악하고 남은 시간을 활용한다. 좌절을 느낄 시간을 허락하지 않는다. 어떻게든 해결할 방법을 찾는다.

예능 프로그램에서 나약하거나 징징거리는 캐릭터를 볼 때 화가 난다고들 한다. 나 역시 그런 캐릭터가 될 수 있음을 알게 되었다. 시간이 얼마 남지 않은 테마에서 긴박하게 탈출에 성공하고 난 후로 생각이 달라졌다. 문제 앞에서 혼자 기합을 넣는다. 두렵지만 빨리 풀어내자고 생각을 바꾸어본다. 성공하지 못할지언정 한 문제라도 끝내보자고 각오를 다진다.

병풍과
셀뚝

사람들이 문제 앞으로 쪼르르 몰려갔다. 방 안은 어둡고 사람이 많았다. 앞에 선 두 명이 지문을 읽자 내 자리에선 지문지가 보이지 않았다. 손바닥 두 개 정도 되는 크기의 작은 지문지는 친구들의 그림자에 가려졌다. 사람들이 문제를 푸는 과정에 동참할 수 없었던 나는 자물쇠로 향했다.

"정답을 불러줘. 내가 자물쇠를 돌릴게."

방탈출을 하며 문제를 잘 풀지 못하거나 사람이 많은데 공간은 좁아 밀려나는 경우가 있다. 이때 방탈출 용어로는 병풍*이 된다고 한다. 병풍이 되는 게 썩 달갑지는 않지만, 그래도 어쩔 수 없이 될 때가 있다. 문제를 보면 적극적으로 달려드는 사람들이 있는 반면 느린 사람도 있다. 반응 속도가 느리면 문제에 가까이 다가가지 못하다가 병풍이 되어버린다. 나는 병풍이 되어도 지나치게 욕심내지는 않는 편이다. 대신 다른 친구들의 손과 발이 되어 자물쇠를 풀거나 미션을 수행해준다.

방탈출을 한 지 얼마 안 되었을 때 크게 느꼈던 문제는 셀뚝**이다. 나의 셀뚝 에피소드를 말해보자면, 테마에서 지문과 상

●   방탈출을 할 때 문제를 풀지 못해 그냥 서 있는 상태를 뜻한다.
●● '셀프 뚝배기'의 줄임말로, 문제의 방향성을 모를 때 엉뚱한 쪽으로 해석해서 거기에 골몰하는 경우를 의미한다.

관없는 인형 속 솜을 다 빼보다가 친구가 그거 아닌 것 같다고 제지해줘서 정신을 차린 적이 있다. 1번 자물쇠에 넣어야 할 답을 2번 자물쇠에 넣으며 낑낑거린 적도 있다.

셀뚝에 빠지면 늪에 빠진 듯 앞이 보이지 않는다. 나는 이렇게 푸는 게 맞는 것 같은데 정답은 아니기 때문이다. 그런 경우 시간도 많이 소요되고 문제도 못 풀게 된다. 셀뚝을 피하려면 많이 풀어보는 수밖에 없다. 문제에 대한 융통성도 발휘해야 한다. 한번 이렇게 해봤는데 안 되면 다른 방법을 취해보는 게 좋다. 문제를 풀 때도 넓은 시야가 필요한 것이다.

문제에 얼마나 적극적으로 임하는지에 따라 병풍이 될지 말지가 정해진다. 물론 자의가 아니라 인원수가 많아서 병풍이 되는 경우도 있다. 셀뚝도 괴로운 건 마찬가지이지만 그나마 문제를 풀어내는 과정이라고 긍정적으로 볼 수 있다. 문제 앞에서 내가 어느 정도 주춤거리는지, 그리고 얼마나 몰입하는지에 따라 방탈출 내 나의 포지션이 결정된다. 이 또한 방탈출을 하면 알게 되는 자기 자신이다.

"찍힙니다. 하나, 둘!"

게임을 하다 보면 사진을 찍거나 포즈를 취하는 등 미션을 해야 할 때가 있다. 그럴 때 적극적으로 나서서 미션을 하는 사람이 있고, 하기 싫어하는 사람도 있다. 망가지거나 희생을 해야 할 수도 있기 때문에 나서줄 이가 필요하다. 조금 망가지더라도 누군가 나서주면 문제가 빨리 해결되니 나는 희생양을 자처하는 편이다. 나 외에도 미션을 적극 수행해주는 사람이 있으면 고맙다. 방탈출에서 위계질서란 없다. 언니, 동생, 형 상관없다. 나이가 많거나 어색한 동료가 해주면 더 고맙다.

게임을 함께 하는 호빵 언니는 바닥을 기거나 높이 올라가야 할 때 적극적으로 나선다. 방을 이동했는데 문제를 풀기 위해 이전의 방으로 돌아가서 단서를 찾아야 할 때도 있다. 이런 경우 가기 귀찮을 텐데도 호빵 언니는 먼저 움직인다. 번거로운 일은 나이가 더 많은 사람에게 부탁하기가 민망한데 나서서 해주면 고맙다(사실 캐슈넛이 나보다 동생이지만 딱히 언니 취급은 해주지 않고, 리더십을 발휘해 우리를 적극 굴려주신다). 사회에서는 언니이지만 게임 안에서는 동료일 뿐. 방탈출에서는 문제를 해결하기 위해 적극적인 자세가 필요하다. 문제를 맞닥뜨리는 순간 평소 소극적인 친구가 적극적으로 행동하거나 겁이 많아 보이는 사람이 용감해지는 등 낯선 모습이 드러난다. 그럴 때 우리는 서로를 더 잘 알아가고 친밀해진다.

방탈출을 하다 보면 문제를 대하는 나의 태도를 알게 된다. 나는 문제에 좌절하는 사람인지 짜증을 내는 사람인지 알 수 있다. 예능 속 답답하고 짜증 나는 캐릭터가 바로 나일 수도 있다. 때로 문제를 풀 때면 나는 작아진다. 그래도 힘을 내서 풀다 보면 나 자신을 알게 되고 동료를 더 잘 알게 된다. 방탈출에서 적극적이고 주체적인 동료는 큰 힘이 된다. 방탈출을 하며 실력이 부족할지언정 문제 앞에서 쫄지 말자. 기운차게 달려들어보자.

며칠 밤, 나를
잠 못 들게 한 그 남자

(※스포일러를 방지하기 위해 방탈출 내 직원이 연기한 캐릭터는 경험
을 바탕으로 일부 지어냈습니다.)

사이렌 소리와 함께 갑자기 불이 꺼지고 문을 쾅쾅 두드리
는 소리가 났다. 문이 끼익 열렸다. 그가 갑자기 미친 듯이 우
리에게 달려들었다. 나와 친구는 너무 놀라 소리를 꽥 질렀
다. 그는 테마 내에서 물리쳐야 할 '적'이었다. 사실 그분이
진짜 적은 아니다. 우리가 하던 방탈출 게임에서 빌런을 연
기한 직원이다. 그 후 며칠간 잠자리에 들 때마다 그분이 나
를 향해 뛰어오는 장면이 꿈에 나왔다.

다른 방탈출 테마에서는 방에 막 들어가려고 하는데 직원

이 다가와서 말을 걸었다. "여기 왜 들어가시려는 겁니까? 당신 뭐 하는 사람이에요?" 순간 너무 당황한 친구가 대답했다. "저는 김개똥(친구의 본명)인데요." 하… 바보 같은 놈, 더 당황한 내가 바로 수습했다. "아! 죄송합니다. 저는 청소부 김청소(테마 내 주인공의 이름)입니다." 나의 능청스러운 연기에 친구는 어이없다는 듯 째려보았다. 직원은 "이 사람들 수상한데?"라며 친구의 실수는 묻어두고 자연스럽게 우리를 테마 안으로 들여보냈다.

방탈출 게임에서는 직원이 개입하여 스토리를 진행해나가는 경우가 있다. 이것도 스토리를 구성하는 연출의 하나이다. 직원은 방탈출러들이 스토리에 몰입을 할 수 있게 도와준다. 직원의 질문에 내가 "청소부 김청소"라고 대답한 순간 게임에 더 집중하게 된다. 물론 모든 방탈출 테마에 직원이 나오는 것은 아니다. 하지만 직원이 개입하는 경우 그의 역할은 더욱 중요해진다.

게임을 마치고 나오자 아까 만났던 직원이 태연한 얼굴로 말을 건넸다. "성공입니다. 5분 남기셨네요." 내 친구는 정말 배신감을 느낀 표정이었다. "저 사람! 아까 우리한테 사장인 척 한 사람이잖아!" "쉿!" 그런 말을 하는 것은 금지이다. 게임 속에서 직원은 사장이었고 우리는 청소부였으니까. 지켜

야 하는 암묵적인 룰을 입 밖으로 내는 건 서로 민망해지는
일이다.

스토리의 완성은 직원이

직원은 노련하게 스토리를 설명해줬다. 테마가 끝난 후 스
토리 설명 없이 넘어가는 경우도 간혹 있지만 설명에 많은 시
간을 할애하기도 한다. "여러분이 계속 지나왔던 길은 주인
공의 마음을 반영한 거예요. 그래서 처음에 주인공이 두려움
에 떨 때는 붉은색이었고, 나중에 희망을 찾으면서 초록색으
로 바뀌었죠." 옆을 보니까 친구가 고개를 푹 숙이고 있었다.
"야, 왜 그래?" "아, 눈물 날 것 같아서." 이렇게 직원의 설명
을 듣다가 갑자기 과몰입해서 눈물을 흘리는 경우도 있다.

테마를 할 때는 문제를 빨리 풀어야 하기 때문에 정신이 없
다. 하지만 끝나고 직원의 차분한 설명을 듣다 보면 이해가
된다. 지나온 게임을 회상하며 감동이 밀려온다. 그때 직원은
내레이터로서 빛을 발한다. 따뜻한 설명을 곁들여주는 직원
과 함께라면 그 테마에 대한 애정은 배로 커진다.

설명을 마친 후 직원은 방탈출러에게 질문을 받는다. "혹시 테마를 하시면서 이해가 되지 않았던 부분이나 질문이 있으실까요?" "저 아까 초록색 방에서 컴퓨터 패스워드 푸는 거요. 잘 이해가 안 돼서요." "아, 네네. 이쪽으로 따라오시면 설명해드릴게요." 직원은 그 문제를 다시 보여주며 풀이법을 설명해준다. 문제를 도저히 못 풀어서 힌트를 쓰고 나온 경우 기억해두었다가 끝나고 직원에게 물어보면 좋다. 방법을 알고 나면 속이 다 후련하다. 방탈출 테마 내에서, 그리고 끝난 후 스토리 설명과 문제 풀이까지. 테마의 평판은 직원의 역량에 달려 있다고 해도 과언이 아니다.

대기실에서도 직원은 열일 중

"자, 찍습니다."

핸드폰을 맡기면 직원이 사진을 찍어준다. 예전에는 게임을 하면 폴라로이드 사진을 주는 테마들이 있었다. 최근에는 폴라로이드 사진을 굿즈로 주지 않는 대신 개인이 소지한 핸드폰으로 사진 촬영을 도와주는 테마가 많다. 요즘은 사진을 인쇄하는 대신 핸드폰에 남기는 경우가 대부분이다 보니 트렌드에 맞춰 변화해온 것 같다.

사진을 촬영할 때도 사진을 잘 찍어주는 직원과 못 찍어주는 직원은 차이가 난다. 어떤 직원은 쪼그려 앉아서 다리가 길게 나오도록 예쁘게 찍어주기도 하고, 어떤 직원은 가로나 세로 등 여러 각도로 찍어보며 좋은 사진이 남도록 도와준다. 사진을 잘 찍는 것이 방탈출 카페 직원의 필수 덕목은 아니지만 잘 찍히면 기분이 좋다. 사진 외에도 성공하면 간단한 굿즈를 주는 테마들도 있다. 홍대의 한 테마는 방탈출 직원이 직접 방문객을 그린 그림을 선물해준다. 이런 테마의 경우 직원들이 보인 정성 덕분에 만족도가 더더욱 올라간다.

스타벅스는 바리스타가 고객이 설정한 닉네임을 불러주며 커피를 건넨다. 앱으로 주문하는 사이렌 오더의 경우에도 닉네임을 불러준다. 고객들과 소통하며 유대감을 형성하기 위해서이다. 그와 비슷하게 특정 테마에서는 대기실에 들어서면 예약을 할 때 설정했던 내 이름이 적혀 있는 경우가 있다.

"지은 님 환영합니다." 이런 센스는 사소한 것이지만 기분이 좋아지게 한다. 대접받는 느낌이다. 앞서 말한 연출과 사진 촬영 외에도 직원의 친절함은 방탈출의 중요한 요소이다.

메인은 당연히 방탈출 게임이지만 응대가 좋을 경우 테마가 더 좋아지기도 한다.

방탈출은 한 테마가 끝나면 테마를 정리하는 시간이 필요하고, 다음 타임에 예약된 손님들이 곧 오기 때문에 시간에 쫓겨 급하게 응대하는 경우도 있다. 이해는 된다. 그래서 방탈출 후기에는 직원을 칭찬하거나 직원의 역량 부족을 평가하는 내용도 있다. '직원' 자체가 하나의 후기 요소가 되는 것이다. 기계적인 친절이 아닌 게임에 애정을 가지고 설명해주면서 밝게 인사해주는 경우 테마에 대한 만족감이 커진다. 그런 직원을 만나면 나도 내 일을 어떤 자세로 하면 좋을지 돌아보게 된다.

메인인 방탈출 게임에 대한 이야기는 아니지만 방탈출에서 그만큼 직원은 매우 중요하다. 그들은 방탈출을 이루는 하나의 얼굴 같은 존재이다. 좋은 직원을 만나면 며칠 내내 기분이 좋다. 테마를 완성시키는 훌륭한 직원분들께 감사하다.

처음 본 친구 남편에게 욕을 했다

"X발… 으아악!!!!!!!"

뒤로 나동그라지며 욕을 뱉었다. 그리고 내 뒤에 있던 친구 남편의 발을 밟았다. 그분도 놀라, 아니 아파서 소리를 질렀다. 정신을 못 차리다가 조명이 좀 밝은 곳으로 자리를 옮긴 뒤 내가 무슨 망언을 했는지 깨달았다. 친구 남편에게 바로 사과했다.

"너무 놀라서요…. 죄송해요."

사실 이런 사태가 일어나리라고 예감했다. 내 손으로 직접 공포 방탈출 테마를 예약했기 때문이다. 친구 남편에게 욕을 한 곳도 방탈출 공포 테마 안이었다. 앞에서 깜짝 놀라게 하는 연출을 보고 순간 놀라서 욕을 해버렸다. 처음 본 여자에게 욕을 듣고도 그분은 웃으며 괜찮다고 했다. 하지만 민망했다. 게임이 끝난 후 테마 밖으로 나와 남편을 데리고 온 친구에게도 이러저러해서 남편분께 욕을 했는데 미안하다고 사과했다. 친구는 쿨하게 답했다.

"방탈출 안에서 있었던 일이잖아요. 상관없어요. 그리고 저도 무서워서 욕했어요."

친구는 너무 무서워서 내가 욕을 한 것도 못 들었다고 했다. 심지어 본인도 몇몇 구간에서는 욕을 했다고 한다. 공포 테마는 네 명이 함께 했는데, 게임을 끝내고 나온 우리의 몰골은 참담했다. 나는 친구 남편에게 욕을 했고, 남편을 데리고 온 친구는 청바지가 찢어졌다. 한 명은 땀이 너무 났다며 끝나고 화장실에 가서 찬물로 세수를 했다. 세 명의 겁쟁이들은 그야말로 혼비백산이었다. 겁이 없는 친구 남편만 유일하게 덤덤해 보였다.

"별로 안 무섭던데요? 할 만하던데?"

그는 무표정하게 소감을 말했다. 여자 셋이 오들오들 떨면서 방탈출 하는 모습을 보고 얼마나 웃겼을까. 그에게는 또다른 재미가 있었을 것이다. 우리에겐 공포 방탈출이지만 그에겐 코믹 방탈출이었겠지…. 반면 우리는 공포에 떨며 방을 탈출하는 데만 급급했다. 너무나 무서웠다. 하지만 역시 재미있었다.

친구 남편은 평소 방탈출을 즐겨 하지 않는다. 그런데 친구가 그를 데리고 온 이유는 따로 있다. 친구와 나, 그리고 다른 친구는 평소 방탈출을 즐기는 멤버다. 우리는 미지의 영역인 공포 테마를 해보고 싶었다. 하지만 셋은 모두 '쫄'이다. 쫄끼리만 있으면 무서운 구간이 나왔을 때 두려움에 앞으로 나아가지 못할 수도 있다. 실패의 확률이 높아진다. 반면 친구 남편은 '탱'이었다. 호기심은 있으나 담력이 없는 '쫄' 셋이 공포 테마를 하려고 모였으니… 안 봐도 뻔하다…. 친구는 우리의 방패막이이자 앞잡이가 되어줄 '탱'인 남편을 데리고 온 것이다.

우리 같은 '쫄'은 왜 공포 방탈출을 할까? 공포 방탈출은 조명의 조도가 낮다. 불이 깜빡이거나 어둡다. 음산해서 들어가기 싫은 구간도 있다. 무서운 인테리어와 함께 무시무시한 소품도 있다. 사람이 튀어나오거나 무언가가 갑자기 떨어진다. 깜짝 놀라게 하는 갑툭튀 '점프 스케어'도 존재한다. 음악도 공포스럽다. 한 발짝 한 발짝 진행하는 내내 마음속에 긴장감이 도사린다. 특히 '쫄'은 아무것도 없는데 뭔가 나올 것 같고, 놀라게 할 것 같은 두려움을 느낀다. 자기 스스로 겁을 먹는 '창조 공포', 일명 창공●을 만들어낸다.

그런데 도대체 왜 하는 것일까? 공포스럽기 때문에 더 스릴감이 넘치고, 도파민이 분비된다. 무서운데 빨리 나가야 하니까 집중이 잘된다. 마음이 긴장된 상태에서 문제를 풀어내면 쾌감과 희열이 더해진다. 나는 '과연 저 테마는 왜 무서

● '창조 공포'의 줄임말이다. 무서움을 많이 느끼는 쫄은 무서운 연출이 나올까 봐 혼자서 상상으로 공포감을 만들어내곤 하는데, 이를 창공이라고 한다.

울까? 어떤 내용일까?' 하는 호기심 때문에 공포 테마를 하기도 한다. 방탈출을 많이 해본 캐슈넛은 웬만한 테마는 다 해볼 만큼 해봐서 공포 테마도 궁금해졌다고 한다. 공포 테마는 감성 테마보다 꽉 찬 자극을 준다. 아드레날린 파티다. '쫄'이 공포 테마를 하는 이유는 우리가 스릴러 영화나 공포 영화를 무서워하면서도 보는 이유와 같을 듯하다.

나는 '극쫄'이다. 쫄 중에서도 매우 격하고 심하게 무서움을 느끼는 사람을 '극쫄'이라고 한다. 하지만 의외로 '전진 쫄'이기도 하다. '전진 쫄'은 무서워하면서도 앞으로 나가는 쫄이다. 호기심이 공포를 이겨서 앞으로 나가고 만다. 그러다 보니 오히려 공포스러운 연출을 먼저 접하게 된다. 그 결과 소리를 지르면서 나가떨어지고, 친구 남편에게 욕도 했다. 공포 영화에서는 이런 사람이 빨리 죽는다. 그러면 담력 있고 용감한 탱커인 '탱'은 그 모습을 보며 즐거워한다. 겁먹는 '쫄'과, 우스워하는 '탱'. '탱'은 '쫄'이 바짝 말라가는 모습과 경악하는 모습을 보며 또 다른 재미를 느낀다. 공포 방탈출을 한번 다녀오면 내가 겁쟁이인지, 담력가인지 알 수 있다. 쌓이는 비명 속에 함께 한 동료들 사이도 더욱 돈독해진다.

나는 원래 공포 테마를 즐기지 못한다. 하지만 아이러니하게도 방탈출에 처음 빠지게 된 계기는 공포 테마였다. 그 강렬한 기억 때문에 잊지 못하고 가끔 '공테'를 한다. 이렇게 겁이 많으면서 '공테'를 즐기는 사람을 '괴로움을 느끼며 공테를 하는 게 혹시 변태…?'냐는 의미에서 '변쫄'이라고 하기도 한다. 나는 감성 테마를 더 좋아한다고 우기기는 하지만, '변쫄'도 맞는 것 같다. 두 테마가 주는 즐거움은 다르다. 감성 테마는 마음속에 깊은 여운과 감동이 남는다. 공포 테마는 몰입감과 짜릿함이 있다.

　방탈출을 즐기는 사람들은 '공포 테마 빙고'를 만들어서 도장 깨기 하듯이 빙고 속 테마를 하나씩 깨나가기도 한다. 그만큼 '공테'를 즐기는 사람이 많다는 것이다. 든든하게 도와주실 '탱'이 있다면 다른 공포 테마들도 정복해보고 싶다. 다행히 나에게는 아직 정복할 공포 테마가 아주 많다. 물론 공포 테마에 정복당하는 건 나겠지만 말이다.

방탈출러 특, 방탈출을 하며 생긴 소소한 특징

특1. 방탈출 n번 계산법

"이거 방탈출 세 번 값이네. 너무 비싸다."

방탈출을 하며 사소한 습관이 생겼다. 한 번에 2~3만 원 정도 하는 방탈출의 가격으로 모든 가치를 매기는 '방탈출 n번' 계산법이다. 방탈출 게임 한 번을 대략 2만 5,000원이라고 생각해보자. 치킨을 한 마리 시켰는데 가격이 2만 5,000원이다. 그러면 혼자 '방탈출 한 번 값이네'라고 생각한다. 주식 시장이 좋지 않을 때면 그런 생각을 더 많이 한다. 주식으로 생긴

투자 손실이 10만 원이면 '아, 이 돈으로 방탈출 네 번은 할 수 있었는데'라고 생각한다. 반대로 주식이 오르면 이런 생각을 한다. '와 방탈출값 벌었다!'

친구가 휴가비 20만 원을 받았다는 이야기에 "와! 방탈출 여덟 번 값이네"라고 말했다가 질타를 받은 적도 있다. 친구들은 이런 방탈출 계산법이 너무 '덕후' 같다며 지긋지긋하다고 했다. 친구들의 야유를 들은 뒤 "방탈출 몇 번 값이네"라는 말을 입 밖에 내지는 않는다. 하지만 식사 자리에서 계산을 할 때든 물건을 살 때든 혼자 이 계산법을 떠올린다.

한편 남편은 이 계산법을 부정적으로 악용하는데⋯ 내가 방탈출을 같이 하자고 제안할 때면 "와, 부부가 같이 하면 5만 원이네. 그거면 커피를 열 잔도 마실 수 있고, 책은 세 권이고, 어쩌고저쩌고 쫑알쫑알⋯(뒷말은 듣지 않는다)." 나의 방탈출 n번 계산법과 반대로 다른 물가를 적용하고 있다. 남편의 계산법과는 상관없이 머릿속으로 이렇게 계산을 할 정도로, 나는 돈만 생기면 방탈출을 하고 싶다.

굿즈를 모으는 습관도 생겼다. 방탈출 카페에서는 테마 콘셉트로 만든 엽서나 팔찌 같은 굿즈를 주기도 한다. 참여한 사람들에게 기념으로 폴라로이드 사진을 찍어주는 곳도 있다. 일부 방탈출러들은 굿즈가 갖고 싶어서 테마를 하기도 한다. 어떤 테마는 오픈 기념으로 한 달 동안 방문객들에게 키링을 선물하기도 했다. 방탈출러들은 그 키링을 받기 위해 이른 시일 안에 테마를 하고자 했다.

처음에 방탈출 횟수가 적었을 때는 받은 굿즈나 사진을 화장대 근처에 방치해두었다. 하지만 그 수가 많아지다 보니 정리가 필요했다. 이제는 큰 틴케이스를 사서 거기에 모아두고 있다. 추억이 담긴 물건들이라 모두 소중하다. 굿즈를 보면 그때의 테마가 떠오르기도 한다. 내 동생은 굿즈로 나온 키링을 돈 주고 산 적도 있다고 한다. 나도 '키이스케이프'의 〈메모리 컴퍼니〉 테마를 하고 나서는 '굿즈를 살걸' 하는 후회를 하기도 했다(종이로 만든 DIY 키트가 너무 귀여웠던 탓이다…). 굿즈를 모으는 것도 방탈출을 하며 생긴 소소한 재미이다.

〈메모리 컴퍼니〉 굿즈

특3. 보드판 그리기

방탈출이 끝나면 방탈출 카페에서는 보드판을 준다(주지 않는 경우도 있다). 유광 보드판도 있고, 무광 보드판도 있다. 보드판에는 무엇을 그려도 상관없다. 보통은 성공이나 실패 여부, 방탈출을 하며 남긴 시간, 함께 한 사람, 테마의 포스터를 우리 식대로 해석한 그림 등을 적거나 그려 넣는다. 나는 보드판 꾸미기를 좋아한다. 보드판을 꾸미면서 추억이 완성된다. 포스터에 있는 캐릭터를 그린 적도 많다.

하지만 주의해야 할 점이 있다. 테마를 마친 후 보드판을 들고 사진을 찍을 때 그림 속 내용이 스포일러가 될 위험이 있다. SNS에 후기를 업로드할 때 보드판을 함께 올리는 경우도 있기 때문에 조심해야 한다. 방탈출에 등장했던 캐릭터를 보드판에 그렸다가 함께 한 동료들이 스포일러가 될 수 있다고 우려해서 지운 적도 있다. 그 캐릭터는 방탈출 포스터에는 없었기 때문이다. 어디까지가 스포일러일지 항상 고민이 된다.

'금손' 방탈출러는 방탈출 보드판을 전문적으로 그린다. 보드판을 예쁘게 그려서 매장에 선물하는 경우도 있다. 분필이나 마커펜으로 어떻게 그렇게 잘 그리는지 신기할 따름이다. 잘 꾸민 보드판을 보면 예술 작품을 보는 듯하다. 테마를 재미있게 마치면 테마를 그린 보드판을 찾아보는 재미도 쏠쏠하다. 똥손이지만 나름 열심히 그린 보드판을 공개합니다.

직접 그린 〈고양학개론〉 보드판

특4. 방탈출 오답 노트

이건 특정 방탈출러만 하는 것 같다. 나의 경우 방탈출 초반에 하다가 요즘은 질려서 하지 않게 되었다. '방탈출 오답 노트'란 게임이 끝난 후 문제를 복기해보는 것이다. 혼자 워드를 켜서 문제를 쭉 적고 어떤 유형이 나오고 어떻게 답을 풀었는지 써본다. 게임 중 막혀서 힌트를 쓴 문제는 어떤 것인지도 표기한다. 나중에는 방탈출을 가기 전에 이전에 했던 게임의 문제를 다시 한번 읽어보기도 했다. 거의 시험공부하는 노력에 버금갈 정도다.

함께 방탈출을 한 동료 중 이런 행위를 신기하게 여기며 함께 복기해준 사람도 있었다. 내가 문제를 1차로 써서 전달하면 내가 떠올리지 못했던 문제를 추가로 써서 보내주었다. 이로써 더 알찬 오답 노트가 되었다. 종종 함께 방탈출을 하는 호빵 언니는 아이패드로 방의 구조를 그려서 보내주기도 한다. 오답 노트의 장점은 내가 실수한 구간을 상기하며 다음에는 더 잘할 수 있게 도와준다는 것이다. 문제나 시간 관리에 대해서 생각해볼 수 있다.

문제 수나 방의 개수를 쭉 적어보면 '절반 정도 풀었을 때 시간을 반 정도 남겼어야 했는데…' 같은 후회가 뒤따른다. 초반에 힌트를 쓰기까지 너무 많이 고민했는데 뒤에도 문제가 많아서 좀 더 빨리 힌트를 썼어야 했구나 하는 생각도 든다. 빨리 푼 문제는 다시 봐도 뿌듯하다. 복기해보면 한 문제당 대략 어느 정도의 시간을 써야 하는지 알 수 있다.

맛이 기가 막힌
짜장면, 탕수육, 팔보채

식당에서 이런 문구를 보고 혼자 문제를 내본다. 내가 방
탈출 기획자는 아니니까 문제를 출제하는 능력은 부족하지
만 상상하다 보면 재밌다. 핸드폰을 켜서 사진을 찍고 이미
지를 잘라낸 다음 브러시로 색상을 입혀본다. 그리고 이 지
문과 연결된 네 자리 자물쇠가 있다고 가정해본다. 답은 무
엇일까?

정답은 바로! '4268'이다.

굳이 설명을 하지 않아도 알아챌 만큼 쉬운 문제이지만 해
법을 공개하겠다. '맛'이라는 글자에서 색이 칠해진 'ㅅ'과
'ㅏ'를 합해서 소리 내어 읽으면 숫자 '4'로 읽힌다. '사'는 유
추하기 살짝 어려울 수 있지만, 나머지 숫자들은 더 쉽다. 같
은 방식으로 색이 칠해진 문자들을 소리 나는 대로 읽으면
숫자 '이(2), 육(6), 팔(8)'이 된다. 강조가 되어 있는 글자를

숫자로 바꾸는 문제다.

나는 혼자 이런 문제를 내보고 키득거린다. 실제 방탈출 테마에서 나오기에 너무 쉬운 문제이기는 하겠다. 그래도 문제를 내보고, 이어서 스토리를 상상해본다.

이 문제는 중국집 테마에 포함되면 어울리겠고, 메뉴판 아래에 위와 같은 지문이 있는 것이다. 붉은색으로 표시되어 있으면 초보자들이 풀기에 괜찮겠다. 아마 1분 안에 풀 수 있을지도 모른다. 쉬운 문제니까 첫 번째 문제로 배치하는 게 좋겠다. 내가 중국집 테마를 만든다면 꼭 짜장면 냄새가 나도록 향을 구현해둬야지. 혼자 이런 상상을 하며 웃는다.

방탈출러 중에는 방탈출 문제를 직접 내보는 사람도 있다. 카페 '오프라인 방탈출'에는 회원들이 직접 문제를 내고 맞히는 〈방탈출 문제 출제〉 게시판이 있다. 본인의 인스타그램이나 유튜브 등 개인 SNS에서 문제를 제시하는 사람도 있다. 나는 문제를 자주 내보지는 않지만, 약간만 비틀어서 보면 방탈출 문제가 될 수 있다는 점에서 문제 출제는 매력적이다. 어떤 문구를 읽을 때면 이런저런 문제를 만들어내며 재미를 느낀다. 나와 식사를 하러 간 남편은 한숨을 쉰다.

일을 하다가 〈수사 협조 공문〉이라는 메일을 받았다. 경찰청이 보낸 것이었다. 우리 회사 사이트에 가입한 회원 중에서 범죄에 가담한 것으로 의심되는 사람이 있으니 데이터를 요청한다는 내용이었다. 내가 데이터 관리를 담당하고 있어 협조를 해줘야 했다. 갑자기 두근두근 엄청 설렜다. '수사 방탈출'을 하는 기분에 휩싸였다. 업무인데도 수사 공문을 읽는 게 너무 흥미진진했다. 관련된 가해자로 보이는 사람들의 데이터를 뽑으며 여기에 범인이 있을지 궁금했다. 데이터를 넘기고 나중에 법무팀 직원에게 범인을 잡았는지 물어보았다. 우리는 협조만 할 뿐이지 이후의 상황까지는 알려주지 않는다고 했다. 쳇.

'현실'에서 문제를 해결하는 건데 마치 방탈출 속 가상 세계에서 문제를 해결하는 것 같은 기분이 들었다. 마치 내가 나비인지 나비가 나인지 헷갈렸던 장자처럼 취미와 현실을 혼동하는 괴이한 현상에 빠진 것이다. 하지만 일상에서 문제를 만났을 때 취미로 즐기는 방탈출처럼 즐겁게 맞이할 수 있다면 좋은 것 아니겠는가. 나는 방탈출을 좋아하게 된 이

후 '오, 방탈출 문제 같은데?'라며 현실과 가상을 연결 짓기 시작했다. 확실한 건 모든 문제에 대한 두려움이 좀 더 줄어들었다는 것이다.

이런 소소한 습관들은 방탈출을 취미로 삼으며 생긴 즐거운 버릇이다. 방탈출 횟수가 더 늘어나면 또 다른 습관이 생길 것 같다. 그때의 내가 어떨지 궁금하다.

예약 전쟁,
그리고 기대컨

서버 시간이 12시를 알리자 단톡방은 급 조용해졌다. 1분 뒤 카톡이 울린다.

"했어요?"
"성공하신 분?"
"에이 씨, 난 실패야."

조용한 성공을 하고 싶었던 우리는 결국 모두 예약에 실패하고 말았다. 방탈출 중에서도 인기가 많은 테마는 예약 전쟁을 치러야 한다. 방탈출 테마는 일주일 전 특정 시간에 예약이 열리는 경우가 많다. 신규 테마나 인기가 많은 테마는 예약이 매우 힘들다. 때문에 그 시간을 딱 맞추기 위해 현재 시간을 초 단위까지 확인할 수 있는 서비스를 제공하는 서버 시간 사이트에 접속한다. 예약을 할 때면 서버 시간 사이트를 켜두고 예약 시간이 되기 직전인 59초까지 확인 후, 바로 방탈출 페이지로 넘어가 예약을 시도한다. 방탈출을 예약할 때 예약자의 이름을 입력하고 결제까지 해야 되기 때문에 연습 삼아 이름을 미리 넣어두는 게 좋다. 이름을 한번 넣어두면 자동 입력이 되어 실전에서 하나하나 칠 필요가 없기 때문이다.

인기가 많은 테마는 과장이 아니라 설 연휴 기차표 예매, 대학교 수강 신청만큼이나 치열하다. 그래서 예약 전쟁이나 '키강 신청•'이라는 말이 붙기도 한다. 방탈출을 잘 모르는 사람들은 "예약이 그렇게 치열하다고?"라며 놀란다. 때문에 그들에게 "〈강남 목욕탕〉 해봐. 재미있어"라고 가볍게 말했다가 "하기 위해 방탈출 매장 앞까지 갔는데 예약이 꽉 차 있었다"라는 방탈출러 입장에서는 다소 당황스러운 대답을 들을 수도 있다. 방탈출러는 〈강남 목욕탕〉 같은 인기 테마

• 방탈출 카페 '키이스케이프'의 테마들이 인기가 많아서 해당 테마를 예약할 때 수강 신청을 하는 것처럼 치열하다고 하여 '키강 신청'이라고 표현한다.

는 그렇게 워킹으로는 절대 플레이하지 못할 테마라는 것을 알고 있기 때문이다. 인기 많은 방탈출 테마가 근처에 있는 김에 쓱 가서 해보겠다는 말은, 주말에 기차 출발 시간을 한 시간 남겨두고 대전 성심당에 가서 빵을 사오겠다는 말이나 다를 바가 없다. 내가 이걸 아는 이유는 성심당에서 줄 서다가 기차를 놓칠 뻔한 적이 있기 때문이다.

방탈출 예약 전쟁은 잘 알고 있지만 음식점 웨이팅을 하거나 핫한 아이템을 사기 위해 오픈런을 하는 취미는 없다. 홍대에서 돈가스를 먹으려고 두 시간 정도 줄을 서본 적이 있긴 하다. 두 시간을 기다려 만나 본 돈가스는 잊지 못하는, 앞으로도 잊히지 않을 맛이었다. 지금껏 이 돈가스를 이긴 돈가스, 아니 이제부터는 고기튀김이라고 하자. 이 돈가스를 이긴 고기튀김은 만나본 적이 없다. 예약을 걸어두고 일행과 두 시간 동안 거리를 쏘다녔다. 코끝을 스친 차가운 바람과 네온사인이 빛나던 화려한 간판들이 기억에 남는다. 기다림의 시간 덕분에 맛있게 느껴진 건지, 맛 자체가 좋았던 건지는 알 수 없다. 잊을 수 없는 첫입의 뜨거운 바삭거림. 바깥에서 맞은 차가운 바람과 그만큼 기대를 충족하고 싶었던 마음이 그 맛에 한몫을 했을 거다. 이 외에는 그다지 오래 기다려본 적이 없다. 웨이팅은 잘 하지 않는 편이다.

방탈출은 웨이팅과는 다르게 사전 예약으로 진행된다. 한 타임에 한 팀밖에 들어가지 못하기 때문에 음식점이나 명품 관보다 오히려 희소한 느낌이기도 하다. 그 시간에 그 테마를 온전히 즐길 수 있는 건 단 한 팀뿐이기 때문이다. 박물관이나 놀이동산을 통째로 대관하면 얼마나 재미있을까! 그러나 손님을 많이 받지 못하기 때문에 매장 입장에서는 적자이겠지. 그래서 방탈출은 시간으로만 따지면 즐길 수 있는 사람이 더 적고, 인기 있는 테마일수록 희소성이 있는 놀이터가 되는 것이다.

반면 기대를 한 만큼 실망하는 경우도 있다. 그래서 방탈출을 할 때 기대컨*이 필수라고도 한다. 예약에 어렵게 성공한 테마는 정말 너무나 재밌어서 탈출하고 싶지 않은 인생 테마가 되기도 하고, 생각보다 문제 수가 적어서 허무한 테마로 남기도 한다. 동료들과 함께 열심히 예약 전쟁에 참전했다가 실패한 경우 우리는 고민한다. 힘들게 셋이서 스케줄도 맞춰놨는데 다른 테마를 할 것인가, 아니면 이 테마를 꼭 하고 싶으니 스케줄을 미루고 다시 도전할 것인가. 다들 현

---

* 기대치를 컨트롤한다는 말로, 유명하거나 재미있다고 소문난 테마를 갈 때 너무 기대해서 오히려 실망하지 않도록 마음을 다스리라는 말이다.

생을 살다 보니 약속 잡기는 어렵고, 재밌는 테마를 예약하기는 더 어렵다. 내 돈 내고 놀려고 하는 방탈출인데 이렇게 어렵다니, 살아가는 일은 고난의 연속이다. 예약부터 방탈출 문제가 시작된다.

**기대컨과
우선순위**

기대가 두려웠다. 완벽주의를 추구하지만, 그러다 보니 시작하기가 두려워 첫발을 떼지 못한 경험이 많았다. 그래서 싫은 게 아니라면 몇 가지 조건만 맞추기로 기준을 바꿨다. 방탈출도 3인이 구성되고, 힌트가 무제한이고, 평점이 지나치게 낮지만 않다면 한다. 그렇게 생각해서인지 방탈출을 무료로 하고 대가로 SNS에 후기를 적는 방탈출 체험단 제안이 와도 거절하지 않고 진행했다. 방탈출 테마의 평점이 낮은 경우 체험단을 하지 않는다는 사람들도 있지만, 기대치가 크지 않기에 즐거운 마음으로 임했다.

하지만 퀄리티가 낮은 방탈출 테마에 시간을 투자하는 것이 아깝다고 생각하는 동료도 있다. 연애나 취직과 비슷한

면이 있다고 생각한다. 잘생기고, 성격도 좋고, 키도 크고, 머리도 좋은 사람을 만나면 당연히 좋겠다. 하지만 허세가 없고 내가 싫어하는 스타일의 얼굴이 아니면 된다는 최소한의 기준을 정해놓고 그것만 충족하면 된다고 생각하니 바운더리가 더 넓어졌다. 그래서일까, 나는 어릴 적부터 꾸준히 "너참 눈 낮다"라는 이야기를 들어왔다(물론 나는 눈이 낮지만 훌륭한 남편과 결혼했다).

직장도 마찬가지다. 연봉이 높고, 복지도 좋고, 워라밸도 훌륭하면 얼마나 좋겠는가. 하지만 내가 원하는 분야에 연봉이 안정적으로 오르면 된다는 기준을 정해두니 그 밖의 기준까지 전부 따지는 것은 내 욕심이라는 생각이 들었다. 물론 욕심은 우리를 더 높은 곳으로 이끌어준다. 그러나 어떤 것도 시작하지 못하게 막을 수도 있다. 그저 차근차근 조금씩이나마 더 나은 것을 향해 갈 수는 없을까. 1등급의 한우를 먹어야만 혀가 감탄하는 사람도 있겠지만 무한 리필 소고기에 만족하는 사람도 있다. 후자의 삶이 자주 행복하다 해도 전자의 삶에서 느끼는 희귀한 감탄이 더 값질 수도 있다. 어떤 것이 더 나은지 가치를 비교할 순 없겠지.

어떤 분야든 더 많이 알수록 눈이 높아진다. 기대컵을 통해 행복해질 수 있지만 높고 고매한 취향을 가지기는 어려울 수 있다. 방탈출도 많이 하면 할수록 좋은 테마를 보는 안목이 생긴다. 예전에 하던 테마들을 지금 다시 간다면 처음 느꼈던 희열은 없을지도 모른다. 그렇게 평점이 좋지 않은 테마에서도 즐거움을 발견하는 것이 내 장점이고, 눈이 높은 동료들과 가서 인생 테마를 만나는 것도 기쁨이다. 어쩌면 살아가면서 기대컷을 해야 하는 분야를 정해두는 것이 더 행복하게 사는 비결일 수 있겠다. 사랑, 일, 공부, 외모, 돈, 인간관계, 취미 생활 등 모든 분야에서 완벽하면 좋겠지만 피곤할 수 있다. 인생도 방탈출처럼 시간이 한정되어 있으니 우선순위를 정해본다.

"이 테마는 올해 안에는 도저히 못 하겠다. 대신에 다른 테마 한번 찾아볼까요?"

고오급 테마에 집착하지 않는 내가 먼저 제안한다. 어떤 게임도 분명 재미있는 부분은 있을 테니까. 지금은 예약 전쟁에서 물러나 변방을 살필 때다. 변방에도 꽃길 테마는 많다.

아! 방탈출
정말 잘하고 싶다

"탈출 성공했어?"

방탈출을 다녀오면 가장 먼저 듣는 말이다. 나도 그렇게 많이 묻는다. 방탈출은 한정된 시간 안에 탈출을 해야 되는 게임이다. 실패와 탈출로 결과가 나뉘니 성공 여부에 관심이 가는 게 당연하다. 나의 방탈출 실력은 방탈출에 대한 애정을 따라가지 못하고 있다. 즉, 성공률이 낮은 편이다. 게임에서 실패를 한 후 그 질문을 들으면 약간의 멋쩍음을 가지고 실패를 고백한다. 그래도 엔딩을 끝까지 봤다고 하거나 테마가 너무 어려웠다는 등의 변명을 덧붙이기도 한다. 엔딩을 봤는데 실패하는 경우는 뭘까? 거의 끝까지 푼 경우 직원들이 배려 차원에서 다 풀어볼 수 있도록 시간이 초과되어도 양해해 주는 경우이다. 뒤 타임에 손님이 없다면 이렇게 봐주기도 한다. 혹은 엔딩까지 다 풀었는데 방탈출 테마에서 제공하는 개수를 초과해서 힌트를 쓴 경우도 실패다.

성공과 실패를 가르기도 하는 힌트의 개수. 힌트를 주는 방식은 가지각색이다. 무제한으로 힌트를 써도 되는 곳, 힌트를 세 번만 쓰고 탈출했을 때 탈출 성공으로 인정하는 곳 등 다양하다. 힌트를 주는 방식도 휴대폰에 지문에 적힌 코드를 입력하는 방식, 패드에 코드를 입력하는 방식, 무전기로 직원에게 물어보는 방식 등 여러 방법이 있다. 힌트도 정답까지 완전히 제공, 문제를 풀 수 있는 풀이법만 제공 등 여러 종류가 있다.

문제 풀이에 자신이 없던 나는 늘 '무제한 힌트 제공-정답까지 제공'을 선호했다. 하지만 나보다 방수가 높은 이들은 가급적 힌트를 쓰지 않으려고 했다. 그들은 자신의 힘으로 문제를 풀어낼 때 쾌감을 느끼곤 했다. 이 힌트에 대한 견해가 다 다르기 때문에 함께 방탈출을 하는 사람들끼리 어느 정도 의견을 맞춰두는 게 좋다. 한정된 시간 안에 나가야 하는데 힌트를 쓰고 싶은 사람과 직접 풀어보고 싶은 사람의 의견이 다르면 난처해질 수 있기 때문이다.

방탈출을 '잘'하는 건 뭘까?

"아! 방탈출 정말 잘하고 싶다."

내가 입 밖에 자주 내던 말이다. 방탈출을 하면서 점점 잘 하고 싶은 마음이 커졌다. 방탈출에 막 빠져들기 시작한 입 문자들은 이런 말을 많이 한다. 관심을 갖고 취미로 자리 잡 기 시작하면서 '잘'하고 싶어진다. 그런데 잘하는 게 뭘까? 우선 탈출 성공률을 높이는 것이다. 힌트를 최대한 쓰지 않 고 나오는 것이다. 문제를 빠르게 잘 푸는 것이다. 지금까지 나는 그렇게 생각했다. 그리고 그를 만나고 난 뒤 생각이 약 간 바뀌었다.

"전 힌트 쓰는 것에 부담 없어요. 그리고 실패하든 성공하 든 상관없어요. 즐기는 게 좋다고 생각해서요."

방탈출을 100번 이상 한 탈출 고수 친구와 게임을 할 때 들은 말이다. 방탈출을 많이 했음에도 내가 생각한 '잘하는 것'에 의연한 태도였다. 고수 중에서는 힌트 없이 탈출하자고 주장하는 경우도 있기 때문에 그의 쿨한 워딩에 더욱 놀라기도 했다. 게임 안에 들어가서도 그 친구는 침착하고 멋진 태도를 보여주었다. 우리가 막힌 문제에서 그는 이렇게 말했다.

"음… 우리 1분 정도만 더 생각해보고 그래도 모르겠으면 힌트 쓸까요?"

그러자 우리는 고도의 집중력을 발휘해 1분 동안 생각해보았다. 그러나 문제가 너무 어려워 결국 힌트를 쓸 수밖에 없었다. 최선을 다한 뒤 힌트를 쓰자 후회가 없었다. 테마를 한 후 그의 말이 기억에 남았다. '즐기는 것'이 중요하다는 말. 내가 방탈출을 하러 가자고 권유했을 때 방탈출을 하는 것 자체가 부담스럽다는 사람도 있었다. 취향에 안 맞는다는 이유도 있지만, 머리를 쓰는 게임이니만큼 힘들 것 같다고 했다. 그건 나의 잘하고 싶은 마음과 같은 종류의 부담감이었다. 실력을 보여주지 못할까 봐, 실수할까 봐 부담스러운 것이다.

물론 잘하고 싶은 마음은 나를 발전시킨다. 나는 방탈출이 끝나고 게임에서 나왔던 문제를 복기해보기도 하고, 온라인에서 방탈출 예시 문제를 풀어보기도 했다. '미궁게임 더라비린스*'라고 불리는 사이트에 접속해서 문제를 풀기도 했다. 그 사이트는 사람들이 방탈출과 같은 방식의 퀴즈를 출제하고 풀어볼 수 있는 사이트다. 혼자서 문제를 풀고 나면 희열이 엄청나다. 하지만 부담감을 가지면 방탈출은 취미가 아닌 괴로움이 되어버린다.

테마를 할 때도 정신없이 문제를 풀고 나오면 좀 더 즐기지 못했음에 아쉬울 때도 있다. 인테리어가 예쁜 테마는 특히 그렇다. 이른 시간 내에 끝마치고 나오면 '좀 더 있어도 되었을 텐데'라는 생각이 든다. 즐기고 싶은 마음과 잘하고 싶은 마음, 행복하고 장기적인 방탈출 생활을 위해 두 마음 사이를 잘 조율해야겠다는 생각이 들었다. 생각해보니 일을

●   온라인에서 문제를 풀어볼 수 있는 사이트.
    https://www.thelabyrinth.co.kr/labyrinth/board/boardList.do?bbsSeqn=4

할 때도, 공부를 할 때도 똑같다. 너무 잘하려는 부담감을 가지고 뻣뻣해지면 안 된다. 반대로 너무 느슨해져서도 안 된다. 즐기면서 좀 더 잘하고 싶은 마음을 가지는 게 좋다.

"그 테마 어땠어?"

누군가 방탈출을 했다고 하면 이제 이렇게 물어본다. 성공 여부를 떠나 즐거웠는지, 무서웠는지, 감흥이 있었는지, 문제는 어땠는지, 수많은 대답이 나올 수 있는 질문이다. 그리고 게임이 끝난 후 나 자신에게도 이렇게 묻는다. 성공에 기뻐하고 실패에 슬퍼하기보다는 이번에 내가 무엇을 느꼈는지 스스로에게 물어본다. 이 질문을 통해 나 자신의 취향이 명확해지고 저번과 달랐던 점이 무엇인지 알게 된다. 일도 삶도 마찬가지다. 성공이나 실패가 아니라 무엇이 어땠는지, 무엇을 느꼈는지에 따라 다음번에 더 좋은 한 발을 내딛게 된다. 탈출에 실패해도 느낄 수 있는 건 천차만별이다. 아, 방탈출 정말 잘 즐기고 싶다!

인간관계 고민도 탈출하기

"다들 조심히 들어가세요."

인사를 했지만, 사실 앞서가는 사람과 나는 같은 방향으로 귀가한다. 굳이 같이 가고 싶지 않아서 화장실에 들른다고 했다. 발걸음을 천천히 느리게 옮긴다. 우리는 오늘 처음 보는 사이다. 온라인 카페에서 구인 게시글을 보고 사람들이 전부 모였다. 번개로 만난 우리는 방탈출 두 개를 하고 각자 집으로 흩어졌다. 인사치레가 없는 담백한 모임, 탈출이 끝나면 자연스레 연락이 뜸해지는 관계다. 일면식이 없던 사이라 친해지기도 어려웠고, 구태여 친해질 필요도 없는 일회성 만남이었다.

"제가 후기 썼는데 읽고 '좋아요' 좀 눌러주세요."

다음 날 어제 만난 사람 중 한 명에게 카톡이 왔다. 참 부지런하신 분이다. 그분이 보낸 링크를 타고 들어가서 '좋아요'를 누르고, 간단한 댓글도 단다. 그 뒤에도 인스타그램이나 블로그에 후기를 쓰는 사람들끼리는 서로 간단하게 소통했다. 쉽게는 '좋아요', '공감' 같은 버튼을 눌러 마음을 표현하기도 했다. 궁금한 테마를 상대방이 갔을 때는 질문을 댓글로 남기기도 했다. 오프라인에서 긴 대화를 나눈 건 아니지만 온라인에서는 연락이 이어진다. 바깥에서 만나지는 않지만 방탈출이라는 관심사가 같기에 서로의 활동을 유심히 지켜본다. 질척이지는 않지만 산뜻하게 관심을 표하는 관계. 그런 만남이 이어지고 있었다.

간헐적 만남이 더 좋은 이유

돌이켜보면 성인이 되고 얼마 지나지 않았을 때 나는 누군가의 호감을 사는 데 열심이었다. 기대만큼의 마음이 돌아오

인생은 방탈출

지 않으면 실망을 하기도 했다. 나는 친구에게 이렇게 표현했는데 친구가 그만큼 되돌려주지 않을 때 속상했다. 하지만 시간이 지나고 그런 속상한 마음도 다 부질없다는 것을 깨달았다. 물론 우정도 사랑도 참 좋다. 하지만 나 자신도 바꾸기 어려운데 남을 바꿀 수 있겠는가? 친구들은 절대 내 뜻대로만 움직여주지 않는다.

그래서 30대가 된 후로는 바꿀 수 없는 타인에게 집착하지 않기로 했다. 나의 여가는 우선순위에 따라 시간을 쓰기로 했다. 그런 생각을 갖게 된 후로 간결한 만남이 많이 생겼다. 힘겹게 친구와 시간을 조율해 만나기보다 온라인 카페에서 처음 만난 사람들이랑 방탈출을 가게 되었다. 또 다른 관심사인 글쓰기나 독서를 하는 모임을 나가는 것도 의미 있었다. 오히려 친구들과의 술 마시기, 맛집 투어보다 알차다고 느낀 적도 있다. 친구들을 만나면 편안하지만, 관심사로 만나는 사람들과의 대화는 의미 있다.

방탈출러들과 간헐적으로 간결하게 만날 수 있게 되자 회사 속 관계에 대한 집착도 엷어졌다. 예전에는 회사 동료들과도 잘 지내고 싶어서 조바심이 났다. 그러다가 너무 좋아하는 사람이 회사를 그만두면 덩달아 심란했다. 만남이 있으면 헤어짐도 있는 법이다. 특히 회사에선 만남과 헤어짐이

더 잦다. 방탈출 속 방을 다 나오면 테마가 끝나듯 사람 간의
관계에서도 할 일을 다하면 끝나는 관계도 있는 법이다.

집착에서 탈출하면 고민도 탈출하게 된다

정원의 꽃들은 생김새가 다르지만 모두 각자의 향기를 뿜
낸다. 단점도 있지만 저만의 장점으로 빛난다. 반면 애정과
친절은 한정되어 있어 다정을 마구 퍼주다 보면 나에게 무리
가 될 수 있다. 방탈출만 함께 하는 관계가 있듯이 회사 생활
만 함께 하는 관계도 있다. 수단이 관계보다 중요한 만남이
있다. 그 또한 나쁘지 않다. 힘 빼며 친해지려고 애쓰거나 힘
들여 가까워지려고 애쓰지 말자. 방탈출은 자물쇠 숫자만 잘
맞으면 무리하지 않아도 수월하게 열린다. 이처럼 잘 맞는
사람은 억지로 맞추지 않아도 맞춰진다. 좋은 테마를 하고
서로 후기를 나누는 것처럼 말이다. 관계로부터 오는 집착에
서 탈출하자. 집착에서 먼저 탈출하면 관계의 고민도 자물쇠
풀리듯 풀릴 것이다.

인생은 방탈출

방탈출을 싫어하는 남편과
19금 테마 하기

    빨간색으로 온통 칠해진 배경 위, 캐릭터가 요염하게 서 있다. 포스터에는 자신들의 존재를 의심하지 말라는 듯 '19금 방탈출(신분증 미지참 시 테마 진행 불가)'이라고 써 있다. 방탈출을 싫어하는 남편과 방탈출에 환장하는 아내가 19금 방탈출을 함께 하러 왔다. 그를 설득하게 된 경위는 이렇다. 그날도 방탈출 카페를 뒤적이고 있는 내게, 앉아서 코만 파고 있던 남편의 등짝이 눈에 들어왔다.

    "여보, 방탈출 하러 갈래?"

    남편은 귀신 씻나락 까먹는 소리를 실제로 들었다는 듯,

온도가 마이너스 100도는 될 것 같은 싸늘한 눈빛을 보냈다.

"방탈출 너무 싫어."

그런 모욕적인 언사에 굴하지 않고 그를 설득했다.

"이건 19금 방탈출이야."

처음 해본
꾸금 테마

꾸금 테마*는 나도 해본 적이 없었다. 연인끼리 가면 사이가 좋아지지만 민망스럽고 과장된 내용이 있어 썸 타는 사이에는 추천하지 않는다는 말도 있었다. 안에 들어가면 기기괴괴한 장치들을 많이 본다고 하는데 내용이 궁금했다. 꾸금

---

* 19금 방탈출 테마라는 뜻으로, 성인들이 즐길 수 있는 방탈출이다. 19금 테마를 약간 귀엽게 표현하는 말이다. 폭력성, 잔인함, 선정성 때문에 19세 제한을 걸었을 수 있다. 꾸금 방탈출을 하게 되는 경우 민증 검사를 하기도 한다.

테마를 하러 가자고 한 이유는 호기심이 컸지만, 남편을 설득하기 위해서이기도 했다.

"아니, 거기 가면 스토리도 좀 야시시하대. 방탈출은 체험적 요소도 있으니까 얼마나 좋겠어? 우리 사이도 더 좋아질 거야."

얼음장 같던 남편의 눈빛이 약간 누그러졌다. 흥미를 보이는 것 같아서 설명에 더욱 박차를 가했다. 집에서 방탈출 테마를 하러 가는 곳까지 시간도 얼마 안 걸린다, 경험해보면 색다른 이벤트일 것이다, 얼마 전엔 우리 결혼기념일이었다 등등 이유를 대며 남편을 설득했다. 내 집착에 항복한 척, 못 이기는 척 남편은 방탈출을 해주겠다고 했다. 사실은 본인도 궁금했으면서.

방탈출 테마 중간중간 성인들만 이해할 수 있는 남사스러운 내레이션이 나왔다. 내가 주인공이 되어 행동해봐야 하는 성인용 미션도 있었다. 소품이나 이미지는 19금 테마에 맞게 구성되어 있었다. 꾸금 방탈출은 스토리가 이렇게 흘러가는구나 알 수 있었다. 하지만 꾸금이라는 귀여운 명칭과는 다르게 문제는 어려웠다. 힌트를 세 번 미만 써야 했지만 우리는 그 이상을 사용했다. 말로는 19금 테마라고 하지만, 노동에 가까운 문제도 있었다. 결국 실패했다.

테마를 끝내고 남편은 분개했다.

"생각보다 안 야하잖아!"

"아니 중간중간 야한 장면들이 나왔잖아."

"그런 장면이 있었나?"

"응 ○○장면에서 ×××××하는 것들이 나오고 했잖아."

"아오, 나는 문제 풀고 활약하느라 정신이 없었다."

남편은 별로 문제를 푼 것 같지도 않은데 자기가 모든 자물쇠를 다 딴 양 얘기했다. 역시 방탈출을 한번 갔다 오면 자기가 푼 문제만 기억나기 마련이다. 대부분의 문제를 노련한 방탈출러인 내가 풀었음에도, 뭐 하나 찔끔 풀고 그것만 주야장천 말했다. 결국 남편과 어디가 야했다 안 야했다, 네가 잘 풀었니, 내가 잘 풀었니 옥신각신하다가 이런 결론으로 끝이 났다.

"어쩔 수 없지, 방탈출에서 뭐 야한 걸 기대해. 야한 거 보고 싶으면 야동을 봐."

나 또한 그다지 만족도가 높지는 않았지만 태연하게 대답했다. 방탈출은 들어가기 전에는 어떤 내용인지 모르기 때문에 남편처럼 말해도 할 수 없다. 정확히 어느 강도로 야한지 수준은 당연히 알 수 없다. 헐벗은 캐릭터가 등장할지, 농익은 대사가 나올지 어떻게 아는가? 남편은 처음엔 안 간다고 하더니만 하러 갈 때는 아주 대단한 걸 기대했는지 속았다며 씩씩댔다. 재미가 없었냐고 물으니 문제에 집중하다 보니 야한 느낌이 들지 않았다고 했다. 외설적인 느낌보다는 가볍게 즐길 수 있는 19금 방탈출이었다. 함께 가줘서 고맙다고 얘기한 뒤 나중에는 다른 테마로 꼬셔봐야겠다고 결심했다.

방탈출 영업 성공률 높이는 법

꾸금 테마로 방탈출 꼬시기에 성공한 남편뿐만 아니라 방탈출을 해보지 않은 친구들에게 테마를 추천할 때도 상대가 좋아하는 것을 고려한다. 커다란 곰 인형 키링을 달고 다니는 친구에게는 귀여운 방탈출 테마를 추천한다. 여름마다 공포 영화를 즐기는 친구와는 공포 방탈출을 간다. 역사에 관심이 있는 친구에게는 사극 방탈출을 권한다.

무작정 내가 하고 싶은 테마를 하자고 하기보다는 상대의 관심사를 고려해서 방탈출을 추천하면 방탈출 영업 성공률이 좀 더 늘어난다. 반전이 있는 영화나 드라마를 좋아하는 친구와 스토리가 탄탄하고 반전이 아찔하다는 방탈출 테마를 갔다. 문제를 푸는 과정에서 숨겨진 떡밥이 드러나자, 친구는 짜릿함을 느꼈다. 숨 막히는 반전에 놀라며 '방탈출이 이래서 재밌다는 거구나'라며 감탄했다. 관심사를 저격한 영업 성공이었다.

허브 코헨의 말에 따르면 성공적인 협력적 협상은 상대측이 정말로 원하는 것이 무엇인지 알아내고 상대측에게 그것을 얻을 수 있는 방법을 제시하면서 당신이 원하는 것을 얻어내는 것이라고 한다. 방탈출을 영업할 때도 살짝 협상의 기술을 도입할 수 있다. 자신이 좋아하는 관심사를 주제로 한 테마에 참여하면 좋아할 확률이 높다. 친구는 좋아하는 주제의 이야기에 빠져들고, 나는 방탈출을 즐기니 일석이조다. 너무 좋아하는 주제라면 오히려 단점을 발견할 수 있다. 그래도 단점을 입 밖에 낼 정도면 방탈출에 대해 어떤 감상은 느낀 셈이다.

방탈출뿐 아니라 관계에서도 마찬가지다. 그 사람이 좋아하는 관심사를 가지고 대화를 시도하다 보면 상대는 들어주는 나를 좋아하게 된다. '19금'은 성인 남성, 아니 성인 여성도 궁금해할 만한 주제이다. 이 주제로 남편과 방탈출을 한 것도 관심사를 이용한 덕분이다. 좋아하게끔 만드는 건 실패했지만. 그건 내 몫이 아니고 방탈출 테마의 역량이다.

타인을 설득하는 방법을 방탈출로부터 배운다. 누군가와 무언가를 이뤄내고 싶다면 그 사람이 좋아하는 것을 이용하자. 다음에는 남편에게 더 센 19금 방탈출이 나왔다고 꼬셔볼까. 둘이 탈출하기에는 역부족이겠지만 말이다.

사라지는 테마를 보며

그날도 어김없이 방탈출이나 해볼까 하고 빠방* 앱을 뒤적였다. 그때 아직 예약이 많이 되지 않은 테마가 눈에 띄었다. "엇… 이거 내가 해본 테마잖아." 내가 해본 테마인데 인기가 좀 없어졌나? 라고 생각하며 테마를 클릭했다. 붉은색 글자로 네 글자가 보였다. "폐업 예정." 그 테마는 폐업 예정이어서 예약 가능 시간이 많은 거였다. 아니 예약이 불가한 거였다. 혹시 리뉴얼 하나 싶어서 온라인 커뮤니티에서 내용을 찾아보았다. 그러자 철거를 하고 있는 가게 사진이 나왔다.

---

* 앱 '빠른 방탈출'의 줄임말로, 지금 예약할 수 있는 방탈출 테마를 빠르게 알아볼 수 있는 방탈출 예약 앱이다.

마음이 안타까웠다. 그래도 해봤던 추억의 방탈출 테마인데 영영 사라진다고 생각하니 아쉬웠다.

그 테마는 호빵 언니와 둘이서 갔다. 신촌 T 매장의 M 테마다. 당시 열 번 정도 방탈출을 해본 우리는 첫 방부터 무지하게 헤맸다. 그래도 방탈출 테마의 규모가 꽤 컸고, 특이한 연출도 있어서 처음 경험해본 우리는 신이 났다. 경험해본 테마 중 뛰어난 테마라고 할 수는 없지만 재미있는 추억이 되었다. 해당 테마는 그 지역에서 평점도 꽤 높은 테마였다. 방탈출 커뮤니티에는 계약이 종료되어서 폐점하는 것이라는 게시글이 있었다. 정확한 폐점 이유는 알 수 없었다. 방탈출에도 흥망성쇠가 있어서, 처음에 오픈할 당시에는 인기가 많지만 나중에는 오래되어 인기가 사그라드는 테마도 있다. 그럴 때 어떤 테마는 리뉴얼을 통해 위기를 극복하기도 하지만 사라지기도 한다.

우리에게 또 다른 문이 열리듯이

시장에 널려 있는 과일 좌판, 빨간 사과, 탐스러운 귤. 남들은 맛있겠다고 생각하겠지만 나는 볼 때마다 아버지가 떠오른다. 아버지는 트럭에 좌판을 깔아두고 과일을 팔았다. 비가 오는 날에는 장사를 나가지 못했고, 날씨가 좋은 날에는 늦게 오셨다. 그래서 학생 때 아버지를 많이 보지 못했다. 처음에는 아버지가 고생하는 게 마냥 부끄럽고 싫었다. 다른 일을 하기를 바랐다. 아버지의 직업이 쉽지 않다는 걸 조금 더 크자 알게 되었다. 그래서 아버지에게 요령이 있었으면 좋겠다고 생각했다.

나는 대학교를 졸업했고, 아버지는 과일 장사를 나중에 그만두었다. 그 후로도 직업을 몇 번 바꾸었다. 센베 과자를 파는 일과 전기 공사 등 여러 일을 하셨다. 지금은 다른 일을 하고 계신다. 그리고 아버지는 틈틈이 아프셨다. 치질 수술을 했고, 환절기마다 감기를 앓고, 가족력인 허리 통증이 심해져서 수술을 했고 약도 먹었다. 어느 날 같이 걸어가다가 쉬었다 가자며 벤치에 앉는 아버지를 보며 '언제 이렇게 늙으셨지…'라고 생각한 적이 있다. 지긋이 나이가 들고 계셨는데 그것을 왜 보지 못했을까.

아버지는 지금 하는 일을 좋아한다. 동료들도 좋고 일도 재밌다고 한다. 아버지가 장사를 못 하던 시절 우리 집은 뭐 먹고 사나 걱정했지만, 다른 문은 있었다. 방탈출에서는 다른 방으로 가기 위해 문을 잘 닫아야 할 때가 있다. 문을 잘 닫아야 장치가 인식되기 때문이다. 문을 잘 닫지 않으면 장치에 오류가 생기고 다음 이야기로 넘어갈 수 없다. 문을 닫으면 기존 방의 문은 닫히지만 다음 이야기가 전개된다. 삶도 마찬가지 아닐까. 문이 닫히면 끝나버릴 것 같지만 새로운 이야기가 열린다.

첫 회사가 많이 어려웠을 때 동료와 울면서 술을 마신 적이 있다. 모든 게 끝나버릴 것 같았지만 동료는 이후 창업을 했다. 나는 더 좋은 회사로 이직할 수 있었다. 악조건이라고 생각했던 상황이 오히려 또 다른 문을 열어주기도 한다. 하나의 문이 닫혀야만 또 다른 문이 열린다. 방탈출에서 문이 닫히지 않으면 불이 켜지지 않듯이 말이다. 아버지가 치워버린 과일 좌판도 또 다른 아버지의 삶을 열어주었다. 내가 마음을 쏟은 첫 회사가 어려워졌지만 또 다른 기회가 내게 찾아왔다.

추억이 깃든 테마가 사라지는 것은 관련된 사람의 생계와도 연결되어 있기에 낙관적으로만 볼 수는 없는 것이 사실이다. 하지만 그 테마를 겪은 사람들의 추억과 리뷰는 그대로 남아 있다. 한 테마가 떨어지는 별똥별처럼 사라지는 것은 아쉽지만 별이 떨어지면 또 다른 별이 탄생하듯이 그 테마와 관련된 모든 이들에게 새로운 삶이 펼쳐지길 바란다. 사라지는 매장을 보며 새로운 문이 열리기를 간절히 바란다.

방탈출을 한다고?
요즘 애들은 안 나간다던데

"방탈출? 그래, 어디든 나가라. 요즘 애들은 방을 나가질 않잖아. 방을 안 나가고 집에만 있는 애들이 엄청 많다더라."

동생과 가끔 방탈출을 즐긴다는 말에 엄마가 한 말이다. 우리 모친은 잘 모르는 것도 잘 아는 것처럼 말하는 능력이 있다. 다 자신만의 필터로 해석하는 일명 '깔때기'식 해석이다. 엄마는 우리가 '방탈출' 게임을 하러 나간다는 것을 이해하지 못했다. 방탈출은 돈을 내고 특정 테마에 갇힌 다음 문제를 풀어나가는 게임이라고 설명해드렸다. 설명을 마치고 다음에 같이 가자고 말씀드렸지만 재미없고 답답할 것 같다며 손사래를 치셨다.

엄마는 어제 뉴스에서 "방을 나오지 못하는 고립 은둔 청년이 54만 명이다"라는 내용을 봤다고 했다. 뉴스 속 표현처럼 엄마는 우리가 밖이나 사회로 나가는 것을 '방탈출'이라 말했다고 오해하신 것 같다. 다른 표현이기는 하지만 집에 있는 방을 탈출해야 방탈출 카페를 갈 수 있는 건 맞다. 엄마만의 '깔때기'식 해석 덕분에 어떤 여름의 기억이 떠올랐다.

2013년 여름이었다. 몸은 물먹은 듯 더위에 축축 처졌고, 기분은 우울했다. "귀하의 역량은 훌륭하나 이번에는 모시지 못하게 되었습니다." 모니터에 뜬 그 문구는 너무 지겨웠다. 도대체 몇 번째 불합격인지 몰랐다. 그해 졸업을 하고 구직 중이었으나 취업은 어려웠다. 처음에는 대기업 위주로 이력서를 냈다. 대기업은 이력서를 내는 데에도 자격이 필요했다. 그 자격은 토익 스피킹 점수나 자격증 같은 것이었다. 회사를 가기 위해서 이력서를 내고, 그 이력서를 내기 위해 자격을 만들어야 했다.

힘겹게 자격을 만들어 이력서를 내도 떨어지기 일쑤였다. 점점 눈이 낮아졌다. 은근슬쩍 중견기업이나 중소기업에도 이력서를 내기 시작했다. 4학년까지만 해도 아르바이트도 하고 스펙을 쌓기 위해서 열심히 노력했다. 공모전에도 도전해서 수상을 했고 다른 자격들도 취득하기 위해 애썼다. 알바와 공부가 병행하는 삶이었다. 하지만 취직은 쉽지 않았다.

취직이 쉽게 되지 않자 방에 틀어박혔다. 누워서 혼자 하루 종일 TV를 봤다. 밤낮이 바뀐 생활을 했다. 게임에 빠져서 며칠 동안 게임만 하기도 했다. 지금은 직장인으로서 그렇게 하루를 보내면 자유로울 것 같지만 그때는 전혀 행복하지 않았다. 누워서 퍼질러 있다가도 부모님이 퇴근하는 시간이면 벌떡 일어나 부모님의 눈에 띄지 않으려 방 안으로 숨었다. 침대와 한 몸이 되었지만 몸은 개운하지 않았다. 오히려 바닥으로 푹푹 꺼지는 느낌이었다. 그때는 그렇게 방 안에서 탈출하는 게 힘들었다.

그러다가 취업이 되었고, 이후로 계속 직장인의 삶을 살고 있다. 엄마가 말하는 방 칩거처럼 나도 방을 탈출하지 못하던 시기가 있었다. 이후 네 살 터울의 남동생도 취업난을 겪었다. 부모님 입장에서는 우리의 그런 시간이 참 무기력해 보였을 거다. 하지만 우리가 방에만 있었던 건 도대체 어떻게 해야 탈출할 수 있는지 알지 못했기 때문이다. 방탈출 문제처럼 답이 정확히 정해져 있으면 좋겠지만 뭘 해야 하는지 모르기에 오히려 무기력한 시간을 보내게 된다.

세상으로
나가기 위한
가이드가 있다면

방탈출 테마에 입장했을 때 어떤 문제부터 풀어야 할지 모르는 경우가 있다. 방에 도착한 뒤 10초를 세고 눈을 떴을 때 첫 문제가 무엇인지 찾는다. 이때 어떤 문제를 풀어야 하는지 단박에 알아차리기도 하고, 전혀 감이 오지 않기도 한다.

친절한 테마는 예컨대 지문 옆에, 힌트 코드의 숫자가 표기되어 있어 순서를 짐작할 수 있다. 가상의 테마를 예로 들어보자. 방에 들어갔을 때 '0001'이 서랍 옆에 쓰여 있다면 첫 번째 문제이니 서랍 관련 문제를 먼저 풀면 된다. 이후 '0002'의 지문을 찾지 못했는데 '0003'이 적혀 있는 문제가 있다면 한 문제를 놓치고 간 것이다. '0003'을 풀기 전에 '0002'가 적힌 문제를 먼저 찾아야 한다. 순서대로 적혀 있는 숫자를 보면 어떤 문제를 풀어야 하는지 감을 잡을 수 있다. 이런 경우 문제에 대한 가이드가 상세한 것이다.

간단한 그림이나 숫자 표기를 통해 풀어야 하는 문제를 짚

어주는 경우도 있다. 첫 문제를 직원이 알려주는 테마도 있다. 반면 이렇게 진행 순서를 알기가 어려운 경우 가이드*가 부족하다고 한다. 가이드가 부족하면 도대체 무슨 문제부터 풀어야 할지 막막하다.

그럴 때는 주변을 둘러보는 게 가장 좋다. 먼저 바로 위에 있는 어떤 장치를 눌러야 될 수도 있다. 아니면 나 자신을 되돌아봐야 할 수도 있다. 처음 방에 들어왔을 때 직원이 준 티켓 하나가 알고 보니 문제일 수도 있다. 내가 직접 손에 꼭 쥐고 있어도 그때만큼은 문제라는 걸 눈치채지 못하기도 한다. 가이드가 부족할 때는 주변과 나 자신을 둘러봐야 한다. 그러면 아직 풀지는 못하더라도 우선 문제의 정체는 알 수 있다. 문제를 발견해낼 수 있다.

아직 사회로 나가지 못했던 시절, 나에 대해 참 많이도 생각했다. 제도적인 가이드가 있었다면 참 좋았겠지만 그 이전에 나 자신을 돌이켜봤다. 나는 누구인지, 어디로 가야 할지, 어떻게 해야 할지 많이 생각했다. 그게 꼭 취업으로 이어지는 건 아니지만 가이드가 부족할수록 인생에서도 주변을 둘

---

* 테마 진행을 이끌어주는 것. 어떤 문제를 풀어야 하는지, 어떻게 진행해야 하는지 알려주는 방식이다.

러볼 필요가 있다.

사회적으로도 니트족®이 증가하고 있다. 고립되고 은둔하는 청년이 국내에 54만 명 이상 있다고 추정된다고 한다. 정부에서는 근무 조건을 개선하고 일자리도 창출하려고 한다. 정말로 방을 탈출하지 못하는 친구들이 늘고 있다. 이는 갑작스레 찾아온 코로나19와도 겹쳐서 더 큰 문제로 이어지고 있다. 방탈출 문제처럼 인생에도 가이드나 힌트가 있다면 얼마나 좋을까. 가이드가 부족한 방탈출에서의 팁은 전후좌우 위아래를 둘러보는 것이다. 아니면 나 자신을 돌아볼 수도 있다. 방탈출처럼 문제를 먼저 발견해보고, 찾았으면 힘을 내어 풀어보자.

"여하튼 방탈출이든 뭐든지 간에 나가서 뭐라도 하는 건 좋은 거야."

엄마의 제멋대로 해석처럼 방 안에서든 방 밖에서든 나를

● Not in Education, Employment or Training의 줄임말. 청년 무직자를 일컫는다.

인생은 방탈출

위한 가이드를 뭐라도 찾아보자. 구직난에 어려운 시기이지만 문제를 발견하고 해결해서 방을 나갈 수 있는 힘, 그 힘이 우리 내면에 단단하게 있다는 것을 믿는다.

방탈출 하다가
폐소 공포증에 걸리면 어째?

"폐소 공포증 느낄 것 같으면 나갈 수 있어?"
"음, 엄마. 폐소 공포증 느낄 정도면 꼭 나가게 해줄게."

부모님과 방탈출을 하러 가게 되었다. 엄마는 폐소 공포증을 느낄까 봐 두렵다고 했다. 영화에서 본 장면처럼 밧줄로 손을 묶고 좁은 공간에서 답답하게 있는 모습을 상상한 것 같았다. 공포 방탈출 테마면 어둡고 좁을 수도 있겠다마는… 공테를 예약하진 않았다(내가 공포 테마를 가끔 즐긴다고 해도 부모님과의 방탈출을 공포 테마로 예약할 정도로 이기적인 딸은 아니다). 지금까지의 경험으로 미뤄봤을 때 테마 속 공간이 아무리 좁아도 폐소 공포증을 느낄 정도의 규모는 아니다.

인생은 방탈출

엄마는 방탈출을 하러 가기 전날 밤 폐소 공포증에 대한 두려움으로 걱정되어 잠도 오지 않았다고 했다. 이후로도 질문 폭격은 계속되었다. 폐소 공포증은 안 걸린다고 하자 이제는 방이 몇 평이냐고 물어보았다. "엄마 나도 안 가봐서 몰라, 아니 방탈출은 들어가기 전까지는 모른다고."

더 이상 설명해봤자 의미가 없다. 그냥 가서 보시는 게 낫겠지 싶었다. 엄마의 두 손 위에 내 손을 얹고 안심하라고 다독였다. 일단은 가보자고 말씀 드렸다. 백문이 불여일견, 아니 백문이 불여일방이다. 우선 한 방 해보셔야 도대체 방탈출이라는 게 뭔지 아실 것이다.

부모님과 함께 방탈출을 가게 된 계기는 앞에서 말했던 그 한마디 때문이었다. 나와 동생이 가끔 방탈출을 하러 간다고 하자 엄마는 반색했다.

"그래, 요즘 애들이 집 밖으로 안 나가잖아. 방을 탈출해야지! 바로 방탈출!!"

엄마는 방 안에만 있는 니트족 친구들과 반대되는 개념을 방탈출로 알고 있었다. 오해해도 상관은 없다만 남매가 좋아하는 방탈출 게임이 뭔지 알려드리고 싶었다. 부모님 두 분께 '한 방' 같이 해보면 어떨지 여쭤보니(속으로 폐소 공포증을 걱정하긴 하셨다만) 흔쾌히 좋다고 하셨다. 부모님과 할 만한 방탈출 테마를 여러 개 후보로 골랐다. 이 중 레트로 감성이 물씬 풍기며 난이도가 쉽다는 테마를 가기로 결정했다. 이 테마는 한 게임당 러닝타임이 60분이었는데, 방탈출을 처음 해보는 부모님과 짧은 시간 안에 문제를 다 풀면서 여유 있게 즐기지 못할 것 같았다. 내 실력이 혼자서 부모님을 보좌할 수 있을 만큼 뛰어나지 않은 것도 문제 중 하나였다. 가급적이면 성공의 경험을 선물해드리고 싶었다.

그래서 통 큰 결정을 내렸다. 바로 두 타임을 연속해서 예약한 것이다. 그러면 120분이라는 넉넉한 시간으로 테마를 즐길 수 있다. 이런 결정은 부르주아나 하는 줄 알았는데 바로 내가 하고 있었다. 이렇게 연속해서 예약할 경우 돈을 두 배로 내야 한다. 이 정도면 혼자서 5방 정도는 할 수 있는 비용이다.

조금 아까워지려던 찰나, 스스로 마음을 다잡았다. 이러려고 돈 버는 거다! 플렉스는 바로 이럴 때 하는 것이다. 평소 엄마가 입안에 넣어주던 고기반찬과 아빠의 인자한 미소를 떠올리며 평소의 두 배가 되는 금액을 방탈출 카페 계좌로 입금했다. 거금을 쓴 나 자신, 조금은 대견스러울지도. 이 정도면 기특한 장녀이다.

눈이 엄청나게 내린 날, 부모님과 예약한 테마를 하러 카페를 찾았다. 그날 아침에는 거리에 눈이 가득 쌓여서 걷는 걸음마다 뽀득뽀득 소리가 났다. 겨울이 찾아온 소리 같아서 기분도 뽀득뽀득해졌다. 그런데 오후가 되자 눈이 녹아 거리가 진흙탕으로 바뀌었다. 걸음마다 물이 찰박찰박 튀었다. 뽀득뽀득한 기분이 찰박찰박으로 바뀌려는 찰나 아빠가 말했다.

"이야, 날 한번 잘 잡았다."

타박인지, 농담인지 모를 아빠의 말을 듣고 조금 죄송해지려는 찰나, 엄마가 받아쳤다.

"그래, 이런 날 딸 덕분에 나오고 좋다."

정말 좋다는 말씀이다. 부모님은 말에 가락과 리듬을 넣어 말씀하신다. 절대 비난하는 것이 아닌 농담이다. 부모님과 노래 같은 말을 주고받으며 방탈출 카페 앞에 도착했다. 건물 앞쪽 유리 벽면에 포스터가 다닥다닥 붙어 있었다. 그런데 입구에 다다르니 "오른쪽을 삥 돌아 건물로 들어오세요. 입구가 아닙니다"라는 안내 문구가 보였다. 많은 방탈출 업체는 지하에 있고, 겉으로 보기에는 입구를 찾기 어려운 경우가 많다. 아빠는 또 노래를 한 곡조 뽑았다.

"돈 내고 하려고 해도 못 찾겠어요~~"

쿵 딱! 시작도 전에 열의를 팍팍 떨어뜨리는 오지고 지리는 방탈출 디스를 들으며, 나는 조금 송구한 마음으로 계단을 내려가시라 말했다. 방탈출의 시작은 서약서를 쓰는 것이다. 부모님께 비밀 유지 서약서를 내미니, 이런 것도 써야 되냐고 의아해했다. "걱정 마세요. 개인정보 빼가는 건 아니에요." 보이스 피싱에 민감한 엄마는 세모눈을 뜨고 서약서를 찬찬히 훑어보았다. 사기꾼들이 많은 세상이라 그럴 만하다. 서약서까지 작성하고 드디어 방탈출 세계에 입성했다. 첫 방에서 눈을 뜨자 아빠가 말했다.

"뭐부터 해야 되냐?"

눈에 보이는 방탈출 자물쇠를 설명해드리며 이 중 어떤 것부터 풀어야 하는지 찾는 것이 일이라고 얘기했다. 부모님은 생각보다 여기저기 빠르게 돌아다니며 문제를 찾는 데 몰두했다. 첫 문제를 풀자 너무 신기해했다. 이후로도 문제를 딱 보고 어떻게 풀어야 하는지 눈치채도 우선은 부모님이 풀어볼 수 있도록 기다려드렸다. 힌트를 조금만 드려도 부모님은 감을 잡고 잘 풀어냈다.

"엄마, 도대체 어떻게 풀었어?"
"응, 네가 말한 거랑 반대 숫자를 넣었어."

나와 아빠가 머리를 끙끙 싸매고 있을 때 옆에서 딸각 자물쇠 여는 소리가 들렸다. 엄마가 우리가 헤매고 있던 문제의 자물쇠를 풀고 다음 문제로 향한 것이다. 그것도 내 말과 반대로 해서 문제를 풀었다. "엄마 대단해 잘했어!" 우리는 박수를 치며 엄마를 응원했다. 엄마는 의기양양하고 시크한 눈빛으로 말했다.

"빨리 다음 거 풀자."

특정 장치를 하면서는 부모님의 환호성도 들을 수 있었다.

"야호!! 우와!!"

부모님은 예상보다 굉장히 적극적이고 열의가 있었다. 테마를 진행하면서 몸을 조금 쭈그리거나 움직여야 되는 부분이 있었는데 평소 허리가 좋지 않은 아빠가 힘들진 않을까 걱정했다. 아빠는 "이 정도는 끄떡없다"라고 큰소리를 치며 허리를 굽혔다가 쭈욱 피셨다.

어느덧 마지막 문제일 것 같다는 예감이 왔다. "자 이것만 하면 끝나요." 부모님과 손을 모아 마지막 문제를 풀었다. 그리고 세상으로 나갈 수 있는 문이 열렸다. 두 방을 연속으로 했음에도 10분 정도만 남겨두고 나올 수 있었다. 엄마는 게임을 하기 전 이렇게 말했다.

"너무 빨리 풀어버리면, 다음 예약한 값 날리는 거 아니냐?"

하지만 그건 김칫국 한 사발이었다. 두 타임이나 빌렸는데

도 우리는 아주 촉박하게 탈출할 수 있었다. 아니, 여유 있게 즐긴 것으로 하자. 모든 문제를 씹고 뜯고 맛보며 찬찬히 풀어서 나올 수 있었다. 물론 힌트도 좀 쓰긴 했지만.

엄마는 방탈출의 묘미인 보드판 그리기에 아주 열성적이었다. 테마 속 모티브인 '다방'을 신나게 그렸다. 근데 다방을 그린 건데 막상 보니까 좀 감옥 같은 느낌이었다. 본인도 인정했다. 하지만 색을 바꿔가며 마커펜으로 그림을 그리는 엄마의 모습을 보니 천진난만한 소녀처럼 느껴져 웃음이 났다. 한참을 열심히 그렸는데, 막상 보니 졸라맨 같았다. 본인이 미대 갈 실력이라고 떵떵거렸는데 영 아니다. 내가 왜 보드판을 못 그리나 했더니 엄마를 닮았나 보다. 아빠는 그림을

엄마가 그린 보드판

그리지 않은 채 우리 모녀를 지켜보고 있었다.

"아빠도 이름 써주세요."

마커펜을 내밀자 아빠는 그림 옆에 어른 글씨인 궁서체로 아빠와 엄마 그리고 내 이름을 적었다. 그리고 마지막에 갑자기 생각난 듯 "추억"이라는 단어를 써넣었다. 엄마의 졸라맨 닮은 그림에 아빠의 궁서체까지 더해져 명작, 아니 '명보드판'이 탄생했다.

**방탈출로
효도하기**

부모님께 함께 방탈출을 한 소감을 물었다. 예상 외의 답변들을 들을 수 있었다.

"추리력이 아주 필요하더라. 그런데 가족끼리 새로운 것을 해봐서 좋았어."

아빠는 평소 퀴즈도 좋아해서 방탈출을 좋아할 줄 알았는데 친구끼리는 절대 못 할 것 같다고 했다. 하지만 추억을 쌓는 일에 의미를 뒀다. 엄마는 아주 의욕적으로 대답했다.

"이거 치매에도 좋겠다(과학적인 근거는 없다). 나이 들면서 점점 도전을 하지 않는데 내가 도전을 해볼 수 있다는 점이 좋았고, 즐거웠어. 친구들이랑 노래방 가느니 여기 오는 게 낫겠어."

아주 긍정적인 답변이었다. 무려 노래방을 이기다니 영업에 성공한 셈이다.

"엄마, 폐소 공포증은?"
"폐소 공포증 전혀 안 걸리겠던데. 아주 다시 가서 한 번 더 하고 싶다."

폐소 공포증은 온데간데없이 엄마는 방탈출을 또 하고 싶다는 의지까지 드러냈다. 어젯밤 잠 못 잤다는 사람은 어디 갔는지 엄마는 그런 걱정은 전혀 한 적이 없다는 듯 태도를 바꿨다. 뭐, 다행이기는 하다.

"인테리어는 좀 어땠어요?"

부모님과 함께 할 테마이기에 고심해서 레트로 인테리어가 돋보이는 테마를 골랐다. 부모님이 추억을 느낄 수 있는 테마라는 후기를 많이 봤다. 그 세대의 감성이 인테리어나 소품에 실제로 녹아 있었다. 그래서 정말 인테리어도 좋은지 여쭤봤다. 부모님은 일부 소품은 기억에 남지만 인테리어는 눈에 들어오지 않는다고 했다. 문제를 푸는 데 집중하다 보니 인테리어는 잘 기억이 나지 않는다는 것이다. 신선한 충격이었다. 물론 어떤 테마든 상관없는 건 아닐 테고, 문제 풀이가 먼저라고 우선순위를 두었기 때문일 거다. 방탈출이 처음이라 그럴 수도 있다.

놀랐던 점은 나와 부모님의 성향이 너무 똑같다는 것이다. 방탈출 문제 풀이의 피도 유전되나 보다. 나 또한 외골수이고 문제에 집착하며, 끝나고 문제를 다 복기해보는지라 부모님과 같다는 데 소름이 돋았다. 실제로 끝나고 우리는 카페에서 한 시간 동안 몇몇 문제를 돌아보고 함께 설명하는 토론의 시간을 가졌다.

집에 와서도 내내 행복했다. 엄마 아빠가 싫어할 것 같아서 동생과만 방탈출을 했던 과거가 후회가 됐다. 5~60대의 부모님도 신나게 방탈출을 즐길 수 있었다. 이번 일로 내가 가진 편견을 여실히 깨달을 수 있었다. 부모님은 '이런 부분을 좋아할 것이다, 이런 부분을 싫어할 것이다'라는 생각은 나만의 편견이었다. 알려드리지 않아도 알아서 잘하셨고, 신박한 것을 보면 나처럼 기뻐했다. 하나의 세계에 들어가는 방탈출, 엄마 아빠와 함께 그 방탈출에 빠져볼 수 있었다.

유치하다고 불평하거나 문제를 풀다 포기할 줄 알았는데 온전히 집중해서 임했다. 지금껏 내가 열고 닫아왔던 세계는 부모님과도 함께 갈 수 있는 공간이었다. 자신만의 편견과 고집으로 쉽게 단정 지어버리지 않는다면 가족과도 함께 방탈출이라는 취미 활동을 할 수 있다. 가족에게 도전을 권하는 것을, 그조차 도전으로 생각하지 말자. 함께 해보면 또 다른 재미를 느낄 수 있을지 모른다.

집에 도착해서 부모님께 잘 들어가셨냐고 문자를 보냈다. 엄마는 너무 즐거웠다며 폴라로이드 사진을 찍어 보냈다. 그리고 한마디 덧붙였다.

"방탈출 또 하자."

MZ 며느리는 시인 시어머니와 방탈출을 간다

어김없이 설 명절이 왔다. 시댁에 가는 것을 부담스러워하는 사람도 있지만 나는 즐겁다. 우선 시어머님 댁은 서울인 우리 집과 멀지 않은 안산에 있다. 거리에 대한 부담 없이 편하게 갈 수 있다. 그리고 제사도 지내지 않는다. 하지만 어머님이 맛있는 걸 잔뜩 해주신다. 어머님은 간만에 보는 '내 새끼들'에게 '맛있는 거 잔뜩 먹이고 쉬게 하자'는 주의이다. 그래서 나는 시댁에서 설거지도 한번 해본 적이 없다. 늘 내가 좋아하는 육전을 많이 만들어주신다. 그런 마음에 대한 감사로 어머님 댁에 갈 때마다 나름의 선물 같은 행사를 치른다. 부모님을 뵐 때마다 뭔가 색다른 경험을 시켜드리는 게 우리 부부의 원칙이다.

60대이신 어머님은 소탈하지만 우아하신 부분이 있다. 어머님은 독서를 좋아하신다. 평소 좋아하던 시를 써서 공모전에 출품하고 등단도 한 시인이다. 우리는 어머님이 시인이 되신 날 직접 가서 꽃다발을 드리며 축하해드렸다. 이렇게 적극적인 어머니시지만 요즘 문화를 경험하시기엔 한계가 있다. 그래서 나는 명절날 색다른 경험을 선물하고 싶었다.

어머니와 네일아트를 받으러 가기도 하고, 오마카세를 먹으러 가기도 하고, 코인 노래방에도 다녀왔다. 코인 노래방에서 어머님의 고풍스러운 가곡을 들었을 때는 정말 감동을 받았다. 젊은이들의 문화를 받아들이려고 노력하시는 어머님 덕분에 친구와 데이트하듯 코스를 짜봤다. 이번 명절에는 언뜻 '그래, 어머님과 방탈출을 가볼까?'라는 생각이 들었다. 미리 말씀드려야 예약을 할 수 있으니 의견을 여쭙자 어머님은 흔쾌히 좋다고 하셨다.

방탈출 카페의 보랏빛 대기실을 보며 어머님은 연신 깔끔하고 예쁘다고 감탄하셨다. 신발을 벗고 실내화로 갈아 신어야 할 때는 굉장히 어색해하셨다. 새로운 세계에 입문하는 그 어색한 모습이 귀엽게 느껴졌다. 핸드폰을 사물함에 넣는 것에도 당황하셨다. 이것이 규칙이니 지켜야 한다는 것을 말씀드리고 어머님의 핸드폰을 압수했다. 눈을 감고 테마 안으로 입장했다. 호기심이 많으신 어머님이 자꾸 눈을 떠서 남편이 눈을 감으라고 핀잔을 줬다.

테마 안은 아기자기하고 예쁘게 꾸며져 있었다. 다행히 문제의 난이도도 그렇게 어렵지 않았다. 진행을 하며 어머님은 "어머 야, 이것 좀 봐! 신기하다"를 연발하셨다. 처음에는 어머님과 문제를 같이 풀고 어머님께 자물쇠를 직접 풀어보라고 권유했다. 초반 몇 번은 직접 자물쇠 따는 손맛을 즐기셨다. 하지만 조명도 어둡고 자물쇠가 안 보일 수 있어 자물쇠 따기는 남편과 내가 맡았다. 문제 풀이는 셋이 함께 했다.

어머니는 특히 흥미로운 장치를 풀면서 즐거워했다. 내레이션이 나오는 것과 문제가 풀리며 다음 방이 열리는 등 기계 장치가 작동하는 것에 신기해하셨다. 다음 방이 나오면 가장 먼저 나서서 용감하게 그다음 방으로 향했다. 겁이 많은 나와 달리 거침이 없었다. 이게 바로 연륜인가? 나중에 여쭤보니 용기가 있어서라기보다 답답해서 빨리 나가고 싶었단다.

그 테마는 활동성 있는 문제들이 꽤 있었다. 활동성과 협동성이 둘 다 필요한 장치도 있었다. 나는 방탈출을 가기 전

그게 제일 우려되었다. 연세가 있는 어머님이 가는 테마에서 만약 사다리를 올라가거나 크게 움직이는 동작이 있지 않을까 걱정했다. 게임을 하기 전 직원에게도 그 부분을 물어봤다. 하지만 테마 안에서 풀어야 하는 활동성 있는 문제는 신체를 많이 움직이거나 위험하지 않았다. 순발력만 조금 있으면 풀 수 있는 장치였다. 어머님은 그때 웃옷도 벗고, 열심히 장치 문제를 풀었다. '런닝맨'을 하는 것 같다며 깔깔 웃으셨다.

중간에 단어를 활용해야 하는 지문 문제도 있었다. 어머님은 시인의 능력을 적극 발휘하여 언어 문제에서는 더욱 집중해서 글자를 읽고 적극적으로 참여했다. 하지만 아무래도 우리가 문제를 좀 더 많이 풀어야 했다. 어머님은 우리가 자물쇠를 풀 때마다 "우리 며느리 천재다", "우리 아들 똑똑하다"를 연발하셨다. 으쓱 어깨가 올라가는 느낌이 들었다.

방을 하나 통과할 때마다 어머님은 "끝난 거냐?"라고 물었다. 이건 우리 아버지와 방탈출을 할 때도 들은 말인데, 이 기시감은 뭐지? 하지만 방탈출의 묘미는 끝날 듯 끝나지 않는 방의 연속이지 않은가.

"글쎄요, 어머님. 아직 이 방만 더 풀어봐야 할 것 같아요."

좀만 참아보자며 어머니를 독려했고, 어머님은 기운을 내서 문제를 풀었다. 방탈출에 와서 시인 어머님의 낯선 면모를 봤다. 우아하신 줄만 알았는데, 굉장히 부지런하고 적극적이었다. 빠릿빠릿 움직이고, 수색에도 능했다. 우리가 문제를 잘 못 풀고 헤맬 때 모든 소품들을 열어보고 뒤지며 단서를 찾았다. 역시 가만히 있지 못하는 사람들이 방탈출에 적합하다. 열성적인 어머님과 열심히 문제를 풀었다. 우리 셋은 탈출에 성공했다.

방탈출이 끝나고 어머님께 스토리와 문제 풀이 과정을 설명해드리자 더욱 신기해하셨다. 방에 있을 때는 정신없이 문제 풀기에 바빴기 때문이다. 어머님께 어느 방이 가장 기억에 남냐고 여쭤봤다. 나는 인테리어가 가장 예뻤던 방을 고르실 거라고 생각했다. 의외로 활동성을 열심히 발휘해 문제를 푼 방이 기억에 남고 재밌었다고 하셨다. 역시 어른들도 본인이 적극적으로 문제를 푼 방을 가장 좋아한다. 끝나고 대기실에 앉자 직원분이 사진을 찍어줬다. 보랏빛 벽 아래 어머님을 가운데에 두고 남편과 내가 양쪽에 앉아 사진을 찍었다. 손가락 하트를 날리며 추억을 만들었다. 그 사진이 마음에 드셨는지 어머님은 카톡 프로필로 설정해두셨다.

재미있으셨냐고 여쭤보니 "젊은이들이 이런 걸 한다는 게 아주 신기하다"라고 답하셨다. 이런 세계가 있는지 몰랐는데 존재하고 있음에 놀라워하셨다. 방탈출비를 지불할 때는 가격에 부담스러워하실까 봐 몰래 돈을 냈는데, 얼마냐고 계속 물으셨다. 가격을 듣고 나서는 "어휴 비싸다"라고 난색을 표하시긴 했다. "이런 걸로 돈을 벌어 먹고사는 사람들이 있네"라며 또 한 번 놀라셨다. 며느리가 지금껏 몇 방을 했는지 아신다면 아마 더 놀라시겠지. 그건 비밀로 하자.

부모님, 그리고 시어머님과도 방탈출을 하면서 나의 취미를 함께 할 수 있다는 사실에 감사하다. 그건 우리의 취미를 인정해주시는 부모님들이 계신 덕분이다. 고부갈등으로 힘들다는 집안도 많은데 이런 어머님을 만난 건 큰 축복이다. 비싸다고 하시니 자주 모시고 가지는 못하겠다. 하지만 우선 MZ 며느리와 시인 시어머니의 방탈출 경험은 성공한 셈이다. 방탈출이라는 목표가 있는 게임을 하면서 어머님의 적극적이고 활동적인 모습도 알게 되었다. 어머님의 낯선 면모를 만났고, 그 점이 반갑다. 앞으로도 우리가 함께 즐길 수 있는 것을 찾기 위해 많은 경험을 시도해볼 셈이다. 그러면서 우리는 서로를 더 이해할 수 있을 테니까.

읽다 보니 방탈출을 하고 싶어요 ②

방탈출 예약, 무엇부터 할까요?

방탈출을 하러 가기로 했다면 세 가지 정도의 테마를 고른다. 방탈출은 생각보다 예약이 힘들기 때문이다. 방탈출러들 사이에서는 방탈출 예약이 수강 신청에 비유될 정도이다. 한 타임에 한 팀만 할 수 있기 때문에 인기 많은 테마의 예약은 늘 치열하다. 특히 주말에 방탈출을 하기로 했다면 피 튀기는 예약 전쟁을 경험할 수 있다. 물론 치열하지 않고 예약이 쉬운 테마도 있다.

방탈출 카페마다 예약을 하는 방법은 다르다. 때문에 우선 팀원들이 방탈출을 하기로 협의한 날짜와 시간을 확인하고 그 테마가 언제 어떻게 예약을 받는지 알아본다. 원하는 테마의 홈페이지에 가면 예약 방법이 나와 있다. 예약 시간을 계산하는 것도 아주 헷갈린다. 방메들과 약속한 예약 시간을 잊지 않기 위해 카카오톡 공지 메시지를 띄워둔다.

예약은 일주일 전 자정에 오픈되는 경우가 가장 많다. 보통 예약은 1주일 단위로만 열린다. 예를 들어 1월 7일에 방탈출을 진행하는 경우 1월 1일이 되는 자정에 예약하면 된다. 마찬가지로 1월 2일 자정이 되면 1월 8일의 테마를 예약할 수 있다. 이런 식으로 계산하므로 일정을 잘 짜서 예약에 도전해보자. 대표적인 방탈출 카페의 예약 시간을 소개해보겠다(2024년 4월 기준으로, 카페의 운영 방침에 따라 예약 방법은 바뀔 수 있다).

키이스케이프 키이스케이프는 지점별로 일주일 전 오전 10시, 오전 10시 30분, 저녁 6시 등 예약 시간이 다르다. 키이스케이프는 특히 예약이 치열한 카페로, 예약이 열리면 서버가 마비되기도 한다.

지구별 방탈출, 드림 이스케이프, 포인트 나인, 에필로그 일주일 전 자정에 예약할 수 있다. 인기가 많은 테마를 하려면 자정 전 취침은 포기하자. 무조건 자정까지

기다려야 한다.

제로월드   14일 전 0시에 예약이 열린다. 1월 1일이 되는 자정에 1월 15일까지 진행할 테마를 예약할 수 있는 시스템이다.

디코더 테마 〈템포루바토〉   템포루바토는 전시회 느낌이 드는 색다른 테마로서 장치감을 맛볼 수 있어 흥미진진하다. 예약이 특이한 것으로도 유명한데, 1년치 방탈출이 오픈되어 있다. 매일 자정, 지금으로부터 1년 후의 시간을 예약할 수 있다. 그리고 놀랍게도 열려 있는 거의 모든 시간이 예약된 인기 테마이다. 1년을 기다리지 않으려면 취소표를 살펴봐야 한다. 인고의 시간을 보내다 보면 견우와 직녀의 애달픔을 이해할 수 있게 된다.

방탈출 예약 꿀팁

예약 시간을 확인했으면 방탈출을 하는 인원이 모두 모여 예약에 도전할 시간이다. 핸드폰이나 PC로 예약하면 된다. 손이 빠른 자만이 인기 테마를 쟁취

할 수 있다.

1. 서버 시간 확인하기

딱 12시에 열리는 테마의 경우 '네이버 서버 시간'
이나 '네이비즘 사이트'에서 서버 시간을 확인해보면
정확한 오픈 시간을 알 수 있다.

2. 연습 삼아 예약 페이지 들어가보기

연습 삼아서 예약 페이지까지 들어가본다. 이름이
자동 입력되는 경우도 있고, 예약 시 어떤 것을 입력
해야 되는지 파악할 수 있다. 일반적으로 예약자 이름,
원하는 시간, 참여 인원, 연락처를 입력한다. 단, 연습
삼아 확인할 수는 있으나 원하지 않는 시간에 예약까
지 해버리면 남에게 피해가 갈 수 있으므로 주의하자.

3. 예약 탭을 여러 개 열어두기

인기 많은 테마의 경우 서버가 터지기도 한다. 그
래서 예약 탭을 여러 개 열어두고 옮겨가며 예약하는

것도 추천한다.

4. 핸드폰, PC 중 편한 것을 선택하기

핸드폰과 PC 중 나에게 편한 것을 선택해서 연습한다.

5. 많은 인원이 도전하기

임영웅 콘서트 티켓팅에 비할 바는 아니지만 인기 테마의 예약은 꽤 치열하다. 때문에 최대한 많은 사람에게 의지하는 게 좋다. 방탈출을 하지 않는 친구들에게도 혹시 시간이 되면 도와달라고 부탁해보자.

6. 양도나 취소표 구하기

열심히 예약 전쟁에 도전해도 실패할 수 있다. 때문에 하고 싶은 테마를 세 개 정도 추려서 후보로 두는 게 좋다. 네이버 카페 '오프라인 방탈출'에서는 예약한 테마를 못 가는 경우 양도하기도 한다. 그 테마를 꼭 해보고 싶다면 양도표를 노리거나 틈틈이 홈페이지에 들어가서 취소표가 나오는지 확인해보자. 인기가 아주 많은 테마가 아니라면 예약은 그렇게까지 치열하지 않을 수 있다. 적당히 후기가 좋고 즐길 수 있는 테마를 찾아 예약에 성공한 다음 우선 해보는 경험을 만드는 게 중요하다. 방탈출을 해보기로 결심했다면 후기가 너무 없고 평점이 아주 낮은 테마는 피하자. 첫 경험이 재미없으면 방탈출이 취미가 되기 어렵다.

예약 후 무엇을 할까요?

테마 예약에 성공하면 예약금을 내게 된다. 1명 치의 예약금을 10분에서 한 시간 내로 계좌로 입금하거나 신용카드로 결제해야 예약이 확정되는 테마들이 있다. 예약금을 내지 않으면 취소될 수도 있다. 반면 예약금이 필요 없는 테마도 있다. 문자로 안내가 오거나 홈페이지에 나와 있으니 매장의 방식을 따르면 된다.

예약에 성공하면 하루 전날 확인 전화도 온다. 테

마 방문 일정에 변동이 없는지, 취소는 아닌지 묻는다. 방탈출을 취소할 경우 테마마다 위약금이 있는 경우도 있으니 환불 규정을 확인하여 기간 내에 취소하자. 대부분의 테마는 24시간 전까지 취소할 경우 위약금이 없다.

방탈출 당일에는 무엇을 할까요?

드디어 방탈출을 하러 가는 날이다. 함께 하러 가기로 한 사람들과 최소 10~15분 전에는 도착하자. 너무 빨리 가면 스포일러가 될 수 있어 매장 입장이 제한되기도 한다. 예약 시간보다 미리 도착하는 이유는 비밀 유지 서약서를 쓰고 계산을 하고 방탈출 자물쇠에 대한 설명을 들어야 하기 때문이다. 세계관 등 테마에 대한 간략한 설명을 하는 경우도 있다. 이런 준비 과정이 필요해서 매장에서는 하루 전날 문자로 미리 몇 분 전까지 오라고 안내를 해준다. 가급적 시간에 맞춰 도착하자.

게다가 방탈출은 지각을 하면 게임 시간이 차감된

다. 이때만큼 지각이 원망스러운 적이 없다. 동료들의 원성을 사지 않고 원활한 플레이를 하기 위해서는 꼭 시간을 엄수하자. 결국 테마를 온전히 즐기려면 방탈출 매장에서 알려주는 대로만 따르면 된다.

★

마음속 잔잔한 감동, 방탈출 감성 테마 추천

방탈출을 하며 내 마음을 움직인 감성 테마들을 모아보았다. 억지 감동 스토리는 좋아하지 않는 사람들이 있다. 나는 그들에 비하면 쉽게 감동하는 편이지만 신파적인 내용은 선호하지 않는다. 이번에 소개할 테마들은 자연스럽게 감동을 주는 스토리와 문제가 잘 어우러진 감성 테마이다. 스포일러가 되지 않는 선에서 느낀 바를 적어보았다.

비밀의 화원 포레스트 건대점
〈미씽 스노우맨〉

눈사람에 이렇게 아련한 사연이 있다니

친구들과 《불편한 편의점》이라는 책 모임을 하고 '비밀의 화원 포레스트 건대점'을 방문한 날이었다. 먼저 책에 대한 이야기를 나눴던 터라 내 감성이 좀 더 충전되어 있었을 수도 있다. 그 당시 나는 방수가 열 번 미만인 상태로, 점차 방탈출에 흥미를 느껴가던 차였다. 친구들끼리 할 만한 쉽고 재미있는 테마를 찾다가 '비밀의 화원 포레스트 건대점'의 〈미씽 스노우맨〉을 하기로 했다. 비밀의 화원은 전국에 11개의 지점이 있는 방탈출 카페 체인이다. 우리가 방문했던 건대 근처에만 해도 '포레스트 건대점'과 '건대점' 두 개의 지점이 있다. 내가 경험했던 '비밀의 화원'의 테마들은 친근하면서도 감성적인 테마들이 많았다. 〈미씽 스노우맨〉은 2020년 3월에 출시된 테마로 당시에 생긴 지 3년 가까이 된 테마였다.

앤써니 호텔에 입사하게 된 신입 호텔리어 MAS! 호텔 업무를 보던 중. 이 호텔에서 누군가 실종되는 사건이 있었다는 것을 알게 되는데…

#사라진_눈사람 #수상한_호텔 #그는_어디에

테마 내에서 우리는 신입 호텔리어 MAS가 되어 플레이를 하게 된다. 테마가 전개되면서 호텔과 이야기

속 비밀을 알게 된다. 문제를 풀다 보면 스토리가 자연스럽게 이해된다. '비밀의 화원 포레스트 건대점'에서 시그니처 테마로 공언할 만큼 공간이 꽤 크고 인테리어도 멋지다. 마지막 방에서 이야기의 전말을 알게 된 후에는 살짝 눈물이 날 뻔했다.

이 테마를 계기로 내 취향을 알게 되었는데, 감성적인 스토리와 문제가 어우러질 때 크게 감동받는 것이다. 3년 정도 된 테마라 일부 자물쇠가 삐걱거리거나 장치가 녹슬어 있는 등 노후화가 있기는 했다. 하지만 순수한 감동을 느꼈던 즐거운 테마이다. 감성 테마를 좋아하는 방탈출 초심자들에게 추천한다.

〈만약, 당신이 길을 잃었다면〉

소중한 사람이 떠오르는 테마

홍대에 위치한 '이스케이퍼스 2호점'의 〈만약, 당신이 길을 잃었다면〉은 나의 첫 야외 방탈출 테마였다. 이날은 방탈출이 너무 하고 싶어서 온라인에서 구인공고를 보고 즉흥적으로 가게 되었다. 처음 뵙는 분들과 방탈출을 했는데 의외로 합이 너무 잘 맞아서 즐거운 경험으로 남았다. '이스케이퍼스 2호점'은 대기실도 멋지고 예쁘다. 진행하기 전부터 의욕이 샘솟는 테마였다.

> 어린 시절을 떠올렸다.
> 새하얀 도화지를 꺼내 색연필로 바탕을 그렸다.
> 물감을 짜서 색깔도 입혔다.
> 하지만 도화지는 계속 새하얀 색이었다.
> 오늘은 어째서일까.
> 도화지에 그린 그림이 눈에 들어왔다.
> 그제야 지금 꼭 해야 할 일이 떠올랐다.

스토리 소개만 읽으면 도대체 무슨 내용인지 감이 안 오는데, 진행하다 보면 퍼즐이 맞춰진다. 테마 시작부터 야외에서 출발한다. 게임을 하면서 바깥의 지형지물과 문제를 어떻게 잘 조합하는지 알 수 있어서 신기했다. 이후로 나는 그 근처만 가면 반가워진다. 야외에서 실내로 테마가 이어지는데, 실내로 들어서면서 감동이 더해졌다.

　이야기는 눈물이 난다기보다는 소중한 사람에 대해서 다시 한번 생각해볼 수 있는 내용이다. 하고 나면 감성이 충전되는 기분이다. 끝나고 나면 스토리를 설명한 가이드와 이날을 떠올릴 수 있는 예쁜 노트도 선물해준다. 날이 좋은 가을에 한다면 가슴 가득 따뜻함이 느껴질 테마이다. 낯선 길을 만날 때 우리는 당황하지만 새로움을 느끼기도 한다. 낯선 길에서 낯선 사람들과 색다른 감동에 젖은 추억의 테마이다.

키이스케이프 우주라이크
⟨US⟩

우리가 함께라면

　'키이스케이프 우주라이크'의 ⟨US(어스)⟩는 2021년 방탈출 어워즈의 SF/판타지 부문과 올해의 테마를 수상한 테마이다. 나온 지 몇 년 된 테마인데도 지금까지 예약이 꽤 힘들다. 동료 중에 예약을 잘하는 친구가 있어 겨우 다녀올 수 있었다.

　스토리는 너무나 간단해서 저 한 줄만 보면 무슨 내용인지 예측할 수가 없다. 막상 들어가서 해보니 꽤 어려워서 정신없이 움직였다. 소개한 테마들 중 인테리어는 가장 예쁘다. 장치도 매우 신기하다. 그래서 조금 어렵기도 하다. '키이스케이프'는 여러 지점이 있는데 모든 지점의 테마들이 대부분 퀄리티가 높고 세련되게 구현되어 있다. 그래서 '키이스케이프'는 사실 어떤 테마를 가도 만족감이 높은 편이다. 방들이 마치 동화 속에 들어온 듯 예쁘다.

　문제는 어렵고 공간은 예뻐서 정신없이 구경하며 플레이하다 보니 65분의 시간이 금세 끝났다. 4분 가량을 남기고 탈출에 성공했다. 역시 쉽지는 않았다. 이후 스토리 설명을 듣다 보니 왠지 눈물이 핑 돌았다. 같이 방탈출을 한 캐슈넛과 호빵 언니는 나보다 더 몰입했는지 마음이 찡했다고 한다. 그들은 스릴러 테마가 취향인데도 나보다 더 감격했을 정도이다. SF

테마라는 특성상 영화 속 이야기 같기도 하지만 누구나 공감할 수 있는 내용이다. 풀어야 하는 문제와 장치들도 흥미롭고 뭉클한 감동을 느낄 수 있는 테마이다.

감성 테마가 주는 깊은 여운을 참 좋아한다. 순간의 짜릿함은 부족해도 따뜻한 이야기가 주는 울림은 깊고 오래간다. 앞으로도 감동적인 테마들을 더 많이 만나보고 싶다.

갇히면 비로소 보이는 것들

방탈출을 가기 전에
준비할 것들

"와 지석 씨, 문제 잘 푸는데."

tvN 예능 〈문제적 남자〉에서 그간 활약을 보이지 못했던 배우 김지석이 갑자기 문제를 술술 해결한 순간이 있었다. 다른 패널들은 오늘 문제를 참 잘 푼다며 그를 칭찬했다. 김지석이 머쓱해하며 이렇게 말했다. 사실 그동안 고등어를 많이 먹었다고. 두뇌 활동에 고등어가 좋다는 말을 듣고 고등어 위주로 식사를 했다고 한다. 공간지각력 향상을 위해 퍼즐도 풀었다고 한다. 〈문제적 남자〉에 어울리기 위해 노력을 했다는 것이다. 그래서일까, 그날 김지석 배우는 대대적인 활약을 펼쳤다.

실제로 머리가 좋아지는 효과를 노리고 고등어를 먹는다면 엄청난 양이 필요하다고 한다. 김지석 배우가 먹은 정도로는 큰 효과가 없는 셈이다. 고등어를 먹고 퍼즐을 풀 정도로 연습을 하는 마음가짐이 결과에 영향을 미친 것은 아닐까? 이와 비슷하게 어떤 취미가 단순한 유희에서 확장되어 특기가 되거나 프로의 영역으로 나아가기 위해선 장비가 필요하다. 일명 '장비빨'을 세울 필요가 있다. 실제로 달리기를 하는 사람들은 러닝화를 사고, 게임을 하는 사람들은 게임기를 산다.

장비빨 못 세우는 방탈출

방탈출은 장비빨을 세우는 게 아니라 장비를 얻어 온다. 맨몸으로 들어갔다가 주렁주렁 무언가를 달게 되기 때문이다. 우선 방에 들어가자마자 핸드폰을 준다. 물론 게임 시간에만 제공되고 힌트 기능 정도로만 사용 가능하다. 그 핸드폰은 필수적으로 지니고 다녀야 하며 타이머도 목에 걸어준다. 이 두 가지 장비는 방탈출을 하면서 매장에서 얻는 준비물이다.

입장한 이후로도 빈손에 하나둘 장비가 생긴다. 다음 방으로 가는 데 필요한 카드키라든지 주인공이 남긴 다잉 메시지 편지라든지 꼭 챙겨야 할 아이템이 있다. 그래서 방을 돌아다니다 보면 주머니에 주렁주렁 물건이 채워진다. 마치 보부상처럼 이것저것 들고 다니게 된다.

"그거 놓고 와도 될 듯해요."

전에 나왔던 지문을 챙기고 있는 내게 캐슈넛이 그것까지 챙길 필요는 없다고 말해줬다. 내 생각엔 나중에 이 지문이 왠지 나올 것 같은데… 이건 주인공 친구의 편지니까 다른 방에서 다시 찾으러 와야 될 것 같단 말이야! 필요 없다고 하니 슥 뒤에 뒀다가, 몰래 다시 주머니에 챙겼다. 이래서 마지막 방까지 가면 주머니가 불룩 튀어나오게 된다. 이러면 나중에 아르바이트생이 제자리에 가져다 놓아야 하니 치울 때 힘들다고 한다.

그래서인지 탈출을 마치면 아르바이트생은 이렇게 말한다. "주머니에 들고 나가는 물건은 없는지 한 번 확인해주세요." 소품을 가지고 나가면 큰일이니 꼭 확인하는 것이다. 그러면 학창시절 소지품 검사를 하는 아이들처럼 다들 본인의 주머니를 뒤져보며 직접 점검을 한다.

나는 그때 눈치를 보며 불룩한 주머니 속 소품들을 직원 앞에 주섬주섬 내려놓는다. 캐슈넛에게 "아이고 저 소품 결국 챙겼네"한 소리 듣는다. 한 친구는 방탈출 후 매장을 나갔다가 주머니 속 자물쇠를 발견하고는 식겁해서 매장으로 돌아간 적도 있다고 했다. 영업에 지장을 줄 수 있으니 소품은 꼭 반납해야 한다.

방탈출은 테마를 하며 이렇게 장비를 얻기 때문에 오히려 가기 전에는 짐을 비워야 한다. 발이 무거워서는 안 된다. 매장에 따라 실내화를 구비한 경우도 있지만 편한 운동화를 신는 게 좋다. 몸도 가벼워야 한다. 움직일 때 불편한 치마 같은 옷보다 활동하기 편한 옷이 좋다. 몸과 마음을 편하게 두는 게 핵심이다.

다른 취미 생활과 달리 별다른 준비가 필요하지 않은 게 방탈출의 매력이다. 인생에서도 우리는 맨몸으로 태어나 어떤 사건을 겪을 때마다 새로운 아이템이 생긴다. 그리고 그 아이템이 우리의 생애를 잇는다. 방탈출도 준비 하나 없이 테마 속에 입장하고, 그곳에서 새로운 장비와 아이템을 만나 이야기를 이어간다. 그래서 방탈출을 할 때는 모든 것을 비우고 간다. 만나는 아이템이 이야기를 채워줄 테니까.

눈물은 방탈출로 닦자

"빨리 컴퓨터 끄고 가자!"

그달은 마음이 유난히 힘들었기에 주말이 아닌 평일에도 퇴근 후 자주 방탈출을 했다. 6시 정각에 퇴근하고 황급히 역까지 뛰어간다. 시청에서 강남까지는 전철로 40분 정도 걸린다. 방탈출 시작 시간은 7시이다. 다행히 딱 맞춰 갈 수 있겠다. 회사가 어려워져서 월급이 반 토막으로 잘렸을 때, 오래 사귄 연인과 헤어졌을 때, 친하던 동료들이 떠나갔을 때, 슬픈 일이 있을 때 방탈출러는 방탈출을 더 많이 찾는다. 그 달은 통장이 '텅장' 되는 달이다. 전 회사 동료인 캐슈넛과는 같은 회사에 다닐 때 6시 땡 치면 뒤도 돌아보지 않고 회사

를 탈출했다. 함께 방탈출을 하러 가기 위해서이다. 물론 방
탈출 예약을 했을 경우이다.

바쁜 탈출러는 슬퍼할 틈이 없다

방탈출은 한 시간 정도의 제한 시간이 있다. 주어진 시간
동안 문제를 풀어 방을 나가야 한다. 실패를 한다고 큰일이
일어나는 건 아니다. 돈을 더 내는 것도 아니다. 하지만 막
상 게임을 하면 성공하고 싶다. 그래서 지문을 열심히 읽는
다. 내레이션을 집중해서 듣는다. 문제를 풀기 위해 바쁘게
주변을 둘러본다. 초집중 모드이다. 그래서 방탈출을 시작하
면 현실을 잠시 잊게 된다. 현실은 싹 잊히고, 지금 내 눈앞
에 보이는 문제만 생각한다. 시간은 없지만, 문제는 많기 때
문이다.

"당신은 요원 A입니다. 미션을 완수하세요."

방탈출을 하다 보면 스토리상 역할이 주어지는 경우가 있

다. 이런 경우 나는 요원 A로서 미션을 수행해야만 한다. 더이상 짤린 회사원이 아니다. 더 이상 이별한 여자도 아니다. 방탈출 과정에서 그들은 나의 이름과 역할을 계속 되새김질 해준다. "요원 A는 이걸 하세요!"라는 지문이 있을 때도 있고, 심지어 직원이 방탈출 내에서 내 이름이 무엇인지 물어보는 경우도 있다. 이런 경우 요원 A라고 답변해야 한다. 계속 이렇게 세뇌(?)당하다 보면 몰입이 된다.

방탈출 테마를 하던 중 상자를 열었을 때, 극 중 주인공 이름으로 된 사원증이 나오자 "나잖아!"라고 외친 적이 있다. 지나친 과몰입에 옆에 있던 동료가 웃겨서 빵 터졌다. 스토리에 집중하게 하는 방탈출을 하면 그만큼 깊게 빠져서 내가아닌 다른 사람이 되는 경험을 하게 된다. 그러다가 미션을 해결하면 진짜 요원 A로서 미션을 해결한 듯 기쁘고 행복하다. 현생은 힘들었을지라도 요원 A는 지칠 틈도, 슬퍼할 틈도 없다.

주변 사람이 혹시 연인과 헤어졌다면, 크게 외로워한다면? 술에 의존했다가는 괜히 새벽 2시에 "자니⋯?"같은 문자나 보내게 된다. 그들과 함께 스릴러나 공포 테마 방탈출에 가 보자. 공포 테마는 두려움이 압도하기 때문에 더더욱 다른 감정이 개입할 틈이 없다. 게다가 무서운 것보다 더 큰 두려움은 방을 탈출하지 못할 것에 대한 두려움이다. 공포를 느끼면서 동시에 두뇌도 풀가동해야 한다. 두려움에 바닥을 헤집는 친구의 모습을 보다 보면 즐거운 추억도 생길 수 있다. 방탈출을 끝내고 나면 시간이 정말 후딱 갔다고 느낀다. 구애인 따위 공포로 잊어버리자.

방탈출이 끝나고 여운이 깊게 남는 경우도 있다. 명작 영화를 보고 나면 여운이 깊게 남는 것과 비슷한 기분이다. 끝나고 카페에 가서 사람들과 어떤 문제가 흥미로웠고 재미있었는지 이야기하는 것도 즐겁다. 같이 방탈출을 한 사람들끼리만 나눌 수 있는 이야기이다. 누가 얼마나 멍청했는지, 또 어떤 부분에서 활약했는지 대화를 나누다 보면 시간이 후딱 간다.

끝나고 리뷰를 작성하는 것은 귀찮지만 추억을 남기는 일이라 즐겁다. 리뷰를 쓰다 보면 큰 단점이 있는데, 바로 방탈출을 하러 가고 싶어진다는 것이다. 추억을 곱씹다 보면 또 즐기고 싶은 마음에 나도 모르게 방탈출 앱에 접속하게 된다.

방탈출을 하면 몰입감과 재미를 느낄 수 있다. 현실 세계에서 살짝 도피할 수 있다. 다른 이야기 속 주인공이 되어볼 수 있다. 괴로움을 잊고 정신없이 문제 풀이와 주어진 역할에 집중하다 보면 시간이 금방 간다. 눈물은 방탈출로 닦자. 테마가 끝난 뒤 문을 열고 밖으로 나오면 세상이 약간은 덜 슬프게 느껴질 것이다.

방탈출로 시력이
0.1 상승했습니다

"비가 너무 많이 오는데 갈 방법이 없나?"

친구의 결혼식이 끝나고 나오는 길이었다. 비가 엄청나게
쏟아졌다. 남편과 나는 집에 빨리 가고 싶었지만 비가 우리
를 막아섰다. 우산을 써도 피할 수 없는 비였다. 전후좌우로
움직이는 비는 우리를 집어삼키려고 기다리고 있었다. 남편
은 비를 맞기 싫다며 툴툴거렸다. 다른 사람들도 모두 건물
밖으로 나가기를 꺼리며 문 앞에서 쳐다보고만 있었다. 나는
눈을 좌우로 돌려 주변을 살폈다. 그러자 조금만 걸어가면
되는 곳에 지하도가 보였다.

인생은 방탈출

"저기 지하도까지는 걸어가보자! 금방 갈 수 있잖아."

지하도로 들어가자 이어진 길이 특별히 없었다. 지하도에서 다른 지하도 출구로만 연결되어 있었다. 역까지 길이 이어져 있었을 줄 알았지만 원망스럽게도 지하도는 지하 주차장과만 이어졌다. 그런데 왠지 주차장에서 역까지 길이 있을 것 같았다. 주차장에 있는 경비 아저씨께 길을 물었다.

"혹시 여기 주차장이 역과 이어져 있나요?"

경비 아저씨는 '이 녀석 봐라, 예리한 걸?'이라는 눈빛을 보내며 맞다고 대답했다. 주차장과 역이 연결된 지도가 있는 건 아니었지만 질문한 덕분에 찾을 수 있었다. 아저씨의 안내를 따라 주차장에서 역까지 이어진 길로 비를 맞지 않고 이동했다. 이 과정에서 내가 관찰력을 발휘했으며 주변의 NPC(경비 아저씨)나 사물을 적극 활용했다고 느꼈다. 남편은 나의 적극성을 칭찬했다. 그래서 나는 한마디 덧붙였다.

"방탈출을 자주 하다 보니 관찰력이 좋아진 것 같아."

내가 방탈출을 할 때마다 돈이 아깝다고 하는 남편이지만 이번에는 군말 없이 인정했다. 이런 식으로 틈날 때마다 남편을 설득하면 언젠가 방탈출을 좋아하게 되겠지!

관찰력이 필요한 장치들

가만 보자 이거 완전, 방탈출의 패턴이다. 방탈출에서도 갑자기 등장한 직원의 도움을 받아야 하는 연출이 있는 경우가 있다. 내가 경비 아저씨에게 질문을 했듯이 말이다. 특정 대사를 하지 않으면 다음 상황으로 넘어가지 않는다. 주변에 있는 아이템을 활용해야 할 때도 많다. 이를 '장치'라고 한다.

탁자 위에 물컵을 놓으면 다른 무엇이 작동한다. 책상 위에 보고서를 올려놓으면 문이 열린다. 이렇게 사물을 이용하여 문제를 푸는 게 장치이다. 장치를 잘 작동하기 위해서는 무엇보다 관찰력이 요구된다. 자물쇠는 딱 보면 풀어야 한다는 것을 직감할 수 있지만, 장치는 이렇게 하는 게 맞는지 느낌이 가물가물하기 때문이다. 때문에 장치를 이용해 문제를 풀려면 무엇보다 주변을 잘 살펴보아야 한다. 그리고 어떤 것이 필요한지 파악할 수 있어야 한다.

나의 장점이자 단점은 경주마 같다는 것이다. 한 가지에 집착하면 외골수처럼 몰입하는 성향이 있다. 이 경주마 습성은 어떤 일을 우직하게 해내야 할 때는 큰 장점이다. 하지만 시야를 넓게 봐야 하는 순간에는 단점이 된다. 경주마 습성 때문에 많은 부분을 손해 봤다. 편의점에 가야 한다고 생각하면 앞만 보고 가다가 길에 있는 턱을 못 보고 쾅당! 넘어진다. 방탈출을 할 때도 한 문제에만 꽂혀서 시간을 허비하기도 한다. 사실은 자물쇠가 아니라 옆에 있는 장치부터 풀었어야 했다. 방탈출에는 순서가 있기 때문이다. 그런 식으로 실패하면 굉장한 허탈감을 느낀다. 그래서 이제는 문제가 잘 풀리지 않으면 주변을 둘러보게 되었다.

열심히 문제를 풀고 있었는데 도저히 풀리지 않았다. 알고 보니 뒤에 있던 창문을 열어야 했다. 답을 아무리 고민해도 답이 나오지 않았다. 문제가 적힌 지문을 뒤집어보니 답이 보였다. 이렇게 살짝만 뒤로 가거나 옆길로 새보면 풀리는 장치와 문제가 있다. 관찰력을 발휘하면 방탈출이 술술 진행된다. 이런 팁을 깨달은 후 사회생활에도 적용하게 되었다.

우선 주변 사람의 변화를 눈치채게 되었다. 누가 머리를 자르거나 액세서리를 다르게 했는지 좀 더 유심히 관찰하기

시작했다. 그뿐 아니라 대화의 결이 달라졌는지, 안 쓰던 용
어를 쓰는지도 살펴보게 되었다. 관찰로 삶의 질이 가상 개
선된 부분은 보고하는 타이밍이다. '지금 팀장님 기분이 좋
아 보이니 바로 보고하면 술술 통과될 것 같아!'를 감지하게
되었다.

탐색으로 볼 수 있는 이 넓은 세상

방탈출은 원래 어떤 테마를 하든 관찰력이 꽤나 중요하
다. 하지만 좀 더 관찰력을 요구하는 테마가 있으니, 바로 수
색 테마이다. 수색 테마는 말 그대로 방 안에서 무엇인가를
뒤져서 찾는 것이다. 관찰에서 좀 더 나아가 탐색력이 필요
하다. 주변에 있는 것을 유심히 살펴보는 행위가 관찰이라
면 드러나지 않은 것을 밝히거나 찾는 행위는 탐색이다. 수
색 테마에서는 보이지 않는 무엇을 단서나 해결점으로 찾아
내는 능력이 중요하다. 찾아야 되기 때문에 이 테마에서는
사방을 엄청나게 뒤지고 돌아다니며 운동을 하게 된다. 빨빨
거리면서 움직이고 전후좌우를 살피며 눈 운동을 해야 한다.

수색 테마를 많이 하면 강제로 다이어트에 성공할 거다.

이런 수색 테마의 필요조건인 탐색력을 회사 생활에 적용해보니 사회생활에도 도움이 됐다. 외부 업체와 미팅을 할 때면 그들에게 이슈가 있는지 살펴본다. 뉴스나 내용을 살펴본 후 "이런 사건도 있던데요?"라고 운을 떼면 상대방의 좋아하는 반응을 느낄 수 있었다. 그 화제로 대화가 술술 풀린다. 옛날의 나 같았으면 다짜고짜 경주마처럼 미팅할 주제만 이야기했을 거다. 하지만 다른 이슈부터 탐색하다 보니 미팅 분위기도 좀 더 부드러워졌다. 나의 단점인 외골수적인 면을 보완할 수 있는 탐색 정신을 갖게 되었다. 경주마는 잊어줘, 너른 세상을 멀리 볼 수 있는 야생마로 거듭나리라.

탐색을 하다 보니 세상이 넓음을 깨달았다. 나는 평소에는 한 문제에 몰입하고 옭매이는 성향이다. 감정도 마찬가지이다. 괴로울 때면 그 고민으로 휩싸인다. 하지만 방탈출을 하면서 최대한 이곳저곳을 봐야 된다는 걸 알았다. 그 후 시야가 넓어졌다. 세상엔 다양한 방법이 있고 그중 나에게 맞는 해결법을 찾는 게 중요하다. 고집대로만 하던 나의 패턴을 바꿔야 한다. 세상은 넓으니 너무 고민할 거리도 아니다.

괴랄한 메일을 보내는 누군가를 보아도 '아 그럴 수도 있지'라고 생각한다. 내가 싫어하는 유형의 업무가 와도 좋은 점을 찾아보게 되었다. 문제에 봉착했을 때 혼자 해결하기보다 나보다 더 잘 아는 사람에게 도움을 요청하게 되었다. 급기야 월급이 적다고 느껴질 때 다른 재테크 방법을 찾아보는 탐색에까지 이르렀다. 좋은 주식, 이자율이 높은 통장을 발견하면 내 적은 월급도 조금은 늘어날 수 있다. 이건 탐색의 힘이다.

방탈출을 하면 관찰력과 탐색력이 좋아진다. 문제를 풀어나가다 보면 좁은 시야에서 벗어나 좀 더 넓은 세상이 보인다. 사회생활에도 이를 적용하면 갑자기 소나기가 내려도 비를 조금 덜 맞게 된다. 근거는 없지만 허풍을 좀 떨자면 안경 없이도 시력이 0.1 정도는 올라간다.

매너가 방탈출러를 만든다

사실 저는 개인주의자이지만요

　냉기가 쏟아져 나오는 물류센터에서 팀원 모두 손에 입김을 불며 물건을 나르고 있었다. 하필이면 우리가 위치한 곳은 식품 냉동 창고 앞이라 추울 수밖에 없었다. 추워도 어쩔수 없지, 우리는 각자 역할을 나눠 맡았다. 내 임무는 옆에서 건네준 물건을 받아서 위쪽에 쌓아 올리는 일이었다.

　회사 관련 일로 팀원 모두 공장에 가서 직접 포장을 하기로 했다. 한 명은 물건을 봉투 안에 넣었고 한 명은 봉투를 밀봉했다. 밀봉된 봉투는 박스 안에 들어갔다. 나는 박스를 쌓는 일을 했다. 이런 식으로 우리 팀은 제품 100박스를 만들었다. 하루 꼬박 시간이 들었다. 그래도 다 같이 웃으며 일을 마무리했다.

원래는 혼자 일하는 것을 선호한다. 남에게 의견을 잘 묻지 않는다. 도와달라고 하지 않으면 잘 도와주지도 않는다. 무슨 일이 벌어진 것 같아도 가서 먼저 살펴보지 않는다. 그래서 일을 하다가도 "무슨 일이야?"라며 쪼르르 달려가 묻는 친구들을 보면 신기하다. 묻지 않았는데 도와주려고 손을 내미는 것도 신기하다. 저거 너무 오지랖이 아닌가 혀를 찬다. 하지만 물류센터에서 내가 한 일은 모두의 협동이 필요했다. 살아가면서 그런 일이 필요하다는 것도 깨달았다.

혼방 불가해, 손이 네 개가 필요하거든

개인주의자이지만 방탈출은 협동이 필수이다. 방탈출을 가려고 예약을 하다 보면 '물리적 혼방 불가능'이라는 표현을 볼 수 있다. 혼방을 하면 혼자 문제를 풀어볼 수 있어 많이 성장할 수 있다는 장점이 있지만, 항상 혼방이 가능한 것

인생은 방탈출

은 아니다. 최소 인원이 2명이라 혼방이 불가한 방이라고 명시해둔 테마도 있다.

그런 곳에서는 협동심과 의사소통을 필요로 하는 미션이 있다. 예를 들어 다 같이 무엇을 쌓아 올리거나 따로 떨어진 상황에서 의사소통을 해서 문제를 풀어야 한다. 양쪽에서 하나의 줄을 당겨야 하기도 하고, 분리된 공간에 플레이어가 들어가 각자 답을 외치며 합한 답으로 한 개의 자물쇠를 푸는 경우도 있다. 함께 미션을 해결해야만 한다. 어떤 장치를 누르려면 손이 네 개가 필요하고, 다 같이 특정 문장을 외쳐야 하는 경우도 있다.

꼭 함께 하는 미션이 아니어도 방탈출을 하는 사람들에게 필요한 것은 협동심이다. 함께 간 친구들의 능력치가 모두 다를 수 있다. 그런데 문제를 풀 때 생각이 떠올랐다는 이유로 혼자 쫙쫙 풀어버리면 함께 간 사람들은 아쉬움을 느낄 수 있다. 반대로 문제가 어려울 때 상의 없이 힌트를 써버리면 그것 역시 기분이 불쾌할 수 있다.

방탈출을 하다 보면 자물쇠가 아닌 어떤 물체를 움직여 작동시키는 장치가 나올 때가 있는데, 예를 들어 봉투를 연다든지 물을 식탁에 올린다든지 하는 미션이 있다. 좀 재미있는 장치가 나왔다 싶으면 누가 할지 물어보는 게 매너이다.

누군가 "해볼래?"라고 넌지시 말해주면 기분이 참 좋다. 플러팅을 당한 듯 설렌다. 기본적으로 방탈출은 의사소통과 협력, 즉 매너가 중요한 게임이다.

꼭 필요한
네 개의 눈

가끔 방탈출을 하다가 체력이 탈진하면 좌우도 헷갈리고 상하도 헷갈리는 이상 현상이 일어난다. 방향 자물쇠를 열면서 "오른쪽이요!" 말하며 왼쪽을 누르고 있는 경우도 있다. 상식적으로는 이해가 가지 않지만 마음이 급하면 그렇게 된다. 그럴 때면 옆에 있는 동료가 차가운 눈빛으로 말해준다. "정신 차려요." 그러면 정신이 번쩍 든다.

답을 알고 있는데 자물쇠를 계속 돌려도 열리지 않는 괴현상이 일어난다. 분명 답이 맞는데 귀신이 들렸는지 도무지 열리지 않는다. 그럴 때는 옆의 친구에게 자물쇠를 돌려보라고 권한다. 그러면 귀신같이 열린다(아마 실제로 귀신이 왔던 것 같다). 혼자서 열심히 해봤는데 잘 안 되는 경우 어이없는 실수일 때가 있다. 자물쇠 선은 우측에 있는데 앞쪽 선에 맞추어서 정답을 입력했든지 하는 이유로 틀리기도 한다. 아주 사소한 것이라도 실수할 수 있다. 하지만 정답은 실수를 용납하지 않는다. 그럴 때 옆 사람의 눈과 손이 필요하다.

회사 생활에서도 마찬가지이다. 내 눈에는 안 보이던 오탈자가 다른 사람의 눈에 보인다. 내 머릿속에서 영 떠오르지 않던 답이 동료의 입에서 나오기도 한다. 내가 답이라고 생각하는 것이 답이 아닐 수 있다. 예전에는 오지랖이라고 생각하고 민폐라고 생각해서 물어보지 않았던 것을 동료에게 묻게 되었다. 다른 사람의 관점에서 보이는 것도 있음을 알게 되었다.

나는 개인주의자라고 스스로를 정의했지만 요즘은 오지랖을 부린다. "혹시 뭐 도와줄 거 없어요?" 그리고 누구에게든 친절하고 쉽게 말하려 노력한다. 물론 더러운 성격상 그게 안 될 때가 많지만, 연습 또 연습한다. 방탈출 문제를 풀 때도 다정하게 말해야 상대방의 지적 능력이 높아진다는 것을 알고 있기 때문이다.

누가 빠지고 모자라고를 떠나, 모두의 힘으로 물류센터에서 일을 해낸 기억이 있다. 모두가 함께 했기에 해낼 수 있었다. 나 혼자 사는 인생이라고 하지만 사실 우리 모두 누군가 덕분에 살아가고 있다. 방탈출을 많이 하다 보니 의사소통

능력과 협동심이 발달하게 되었다. 오지랖도 덤으로 따라왔다. 남과 함께 탈출했을 때 더욱 기쁘다. 사회에서도 함께 문제를 해결하면 더욱 즐겁다.

매미 소리에도
무너지는 집중력

"와! 매미 소리 들어보세요. 회사 안에서 나는 것 같지 않아요?"

사무실 안인데도 바깥에서 들리는 매미 소리가 유난히 컸다. 시끄러운 매미 소리에 귀를 기울이다가 옆을 봤다. 나를 쳐다보는 동료의 시선이 너무 차가워서 영하 300도는 되는 것 같았다.

"제발 집중하시라고요."

동료가 인수인계를 해주는 귀한 시간이었다. 하지만 헛소리를 한 탓에 눈총을 샀다. 일을 하다가 딴생각을 할 때가 종종 있다. 이건 집중력의 문제이다. 일을 하던 중 타 브랜드의 마케팅 활동을 조사하기 위해 인스타그램에 접속한다. 처음에는 타사 인스타그램 계정을 보려고 했는데 나중에는 모 셀럽의 쇼핑몰에서 결제를 하는 나를 발견한다. 정말 초 단~기 집중력이다!

방탈출에 필요한 집중력

자세히 보니 두 개의 그림에 다른 부분이 있었다. 첫 번째 지문에 나온 글자와 두 번째 지문에 나온 내용이 약간 달랐다. 두 가지 내용에서 다른 글자를 비교해서 읽어보니 숫자가 나왔다. 네 개의 숫자를 자물쇠에 넣고 돌리니 문제가 풀렸다. 제법 쉬운 문제였다. 하지만 집중하지 않으면 풀 수 없었다.

방탈출을 할 때는 정말 고도로 집중하게 된다. 다른 그림이 없는지 잘 본다. 지문에서 뭔가 이상한 게 없는지 확인한다. 그러다 보면 답이 보인다. 고도의 집중력과 함께 시간에 대한 압박도 있다. 한 문제당 3~5분 정도 투여하는 게 적당하다. 시간을 적게 쓰기 위해 빠르게 풀고 기민하게 움직인다. 게임을 하던 어느 날, 옆 방에서 인테리어 공사를 하던 탓에 소음이 났다. 하지만 나는 문제에 집중하느라 소리를 인지하지 못했다. 다른 사람들이 시끄럽지 않았냐고 물어본 이후에야 공사 소리를 느꼈다. 그러고는 생각했다. 내 집중력 나쁘지 않을지도? 아니 다만 청력이 나쁜 것이려나.

방탈출을 하고 난 뒤 일상 속에서도 게임을 하듯 집중하려고 노력한다. 방탈출은 재미가 있고 시간의 압박도 있어서 더 집중이 되는 것 같긴 하지만. 그래서 회사에서 글을 읽거나 서류를 작성할 때 혼자서 마음속으로 '00분 안에 하자. 집중하자'라고 되된다. 집중해서 보다 보면 이해가 되지 않던 메일 속 글자들이 읽힌다. 틀린 그림처럼 내용이 다른 문장이 보인다.

사실 아직도 집중력이 약하다. 하지만 방탈출을 하기 전보다는 집중력이 좋아졌다. 짧은 시간 내에 효율적으로 문제를 풀기 위해 노력한다. 혼자서 생각한다. '여기는 방탈출 게임 안이다. 이 문제를 풀어야 퇴근할 수 있다.' 스스로 상황에 몰아넣는다. 망상 덕분에 일상에서도 정해둔 시간 안에 과제를 해결하면 기분이 좋다.

문제는
풀어야 제맛

평소에는 과제를 받기만 해도 그 압박감에 억눌리는 사람이다. 나에게 업무나 과제가 주어지면 그것 자체가 큰 부담감으로 다가온다. 더 잘해야 될 것 같아서 내용을 덧대고 덧대다 보면 다른 방향으로 샌다. 결과를 보고하는 데에도 오래 걸린다. 아무도 주지 않은 압박감을 나 혼자 받는다. 마치 샌도 복서처럼.

방탈출을 하면서 문제에 대한 마음가짐이 바뀐 것을 느낀다. 방탈출은 말 그대로 문제를 푸는 게임이다. 방탈출을 즐기는 내가 인생의 문제는 못 풀게 또 뭔가? 초반에 방탈출 횟수가 적었을 때는 힌트를 무제한으로 쓸 수 있는 테마만 갔다. 잘 모르면 힌트를 써서 정답을 봤다. 하지만 잘하는 사람들과 갔을 때 그들과 나의 차이점을 느꼈다. 그들은 가급적 힌트를 보지 말고 스스로 풀어내자는 주의였다. 시간이 좀 더 걸리더라도 직접 문제를 해결하려고 애썼다. 그 모습이 굉장히 멋져 보였다.

이제는 나도 안 풀리는 문제를 마주하면 힌트를 바로 쓰기보다 고민해본다. '지나온 길에 못 본 게 있지는 않을까? 이

옆에 다른 게 있지는 않을까? 지문을 한번 뒤집어서 볼까?'
하고 다각도로 생각하게 되었다. 그러다 방법을 찾으면 감탄
이 절로 나온다. "아!" "오!" "이거다!" 이 소리는 누군가 답
이나 풀이 방법을 깨달았을 때 내는 감탄사이다. 그러면 우
리는 곧바로 얼굴을 쳐다보며 묻는다. "뭔데? 알았어?" 물론
헛발질일 수도 있지만.

생각해낸 풀이를 듣고 동료가 더 좋은 방법을 찾을 수도
있다. 그래서 방탈출을 할 때는 이상해 보이는 풀이라도 무
조건 서로 얘기해보는 게 좋다. 스스로 답을 찾아낸 문제에
는 쾌감이라는 선물이 있다. 방탈출이 끝나고 나오는 길에
모든 문제가 기억나지는 않는다. 하지만 내가 풀어낸 문제는
선명히 기억에 남는다. 풀리는 문제가 많을수록 방탈출 테마
에 대한 기억력은 좋아진다.

매일 마주하는 미션과 업무, 그 속에서 느끼는 압박감. 하
지만 이제는 괴로움이 많이 해소되었다. 문제를 풀어야 하는
방탈출이라는 취미를 가지며 문제를 대하는 마음가짐이 편
해졌다. 탈출을 게임으로 즐기듯 문제 상황도 결국 해결하고
즐기면 그만이다. 그래서 나에게 주어지는 과제를 바라보는
자세도 바뀌었다. 자물쇠를 풀 듯 도전해보자는 생각을 갖게
되었다.

잘 풀리지 않던 엑셀 수식의 오류를 발견했을 때, 의사소통이 괴롭던 이를 설득했을 때, 방탈출 속 문제가 풀릴 때와 동일한 쾌감을 느낀다. 자물쇠에 들어간 손아귀 힘이 느슨해지며, 자물쇠가 틱! 하고 열리는 쾌감. 지금은 방탈출 테마 안이 아니라 사회에 속해 있지만 혼자서 이런 생각을 해본다. '이번 문제 클리어!' 자물쇠 푸는 맛을 기억하며 일상 속 문제들에도 집중력을 발휘해 탈출해보자. 집중력을 도둑맞을 것 같으면 제한 시간이라는 경비를 두어도 좋다.

정시 퇴근과
방탈출의 공통점

말이 길어지면 당근을 흔들어주세요

"저 팀장님, 혹시 이거 확인할 수 있을까요?"

"이건 저한테 물어보지 마시고 다른 팀에 확인하시면 돼요. 아, 그런데 오 대리 내가 지난번에 요청한 거 있잖아요."

전화로 타 부서 팀장님과 통화를 하다가 자리에서 이야기를 하자고 해서 미팅까지 하게 되었다. 미팅이 끝나니 시간이 꽤 지나 있었다. 하지만 나의 문제는 해결되지 않았고 새로운 일만 잔뜩 받아 왔다. 피곤했다. 일이 많아지다 보니 야

근을 했다. 다음 날 동료와 대화하며 야근을 했다고 말했더
니 그분이 안타까운 표정으로 대꾸했다.

"그분이랑은 길게 통화하지 마세요. 그냥 메일 보내시고
마세요."

"오, 그러게요. 꿀팁 감사해요."

"그리고 다음번에는 미팅 가셨을 때 말이 길어지면 카톡으
로 당근을 보내주세요. 전화할게요."

사회생활에서 어떤 문제는 굉장히 빨리 풀리기도 하고 어
떤 문제는 오랜 시간이 걸리기도 한다. 시간 배분을 하기 위
해서는 문제를 푸는 데 얼마나 걸릴지, 그리고 이 문제에 시
간을 얼마나 쏠지 판단하는 것이 중요하다. 내가 긴 미팅을
해결하는 방법은 당근으로 야근을 막는 것이었다.

방탈출 = 시간 관리

방탈출을 할 때 시간 관리는 필수이다. 60분에서 80분 정

도 되는 시간 안에 보통 네다섯 개 되는 방이 있다. 그리고 문제가 20~40개가량 있다(물론 어떤 테마이냐에 따라 다르다). 그러므로 한 문제를 2~3분, 늦더라도 5분 안에 풀어야 한다. 직원들은 엔딩을 꼭 보는 것을 추천하니 3분 이상 고민하지 말고 힌트를 쓰라고 조언하기도 한다. 쉽게 풀리는 문제가 있고 어렵게 풀리는 문제가 있기는 하다. 난이도도 문제마다 다르기 때문에 남은 시간과 남은 문제 수를 생각해보는 게 좋다. 이제 끝났다고 생각했는데 또 다른 방이 열리고 자물쇠가 주렁주렁 달려 있을 때의 좌절감은 이루 말할 수 없다.

　시간 관리가 중요한 게임인 만큼 방탈출을 할 때는 남은 시간을 알 수 있는 타이머를 준다. 목에 걸거나 손에 쥐고 시간을 확인할 수 있는 타이머로 몇 분 정도 남았는지 볼 수 있다. 시간을 확인하고 계산하면서 문제를 푼다. 나는 방탈출을 안내하는 아르바이트생이 타이머를 내 목에 걸어주면 그것을 빼서 다른 사람의 목에 걸어준다. 시간을 보는 역할을 하지 않으려 한다. 타이머를 쓸데없이 너무 자주 보는 습관이 있기 때문이다(시간 관리와 살짝 다른 내용이지만 방탈출을 하면서 이렇게 과제에 집착하는 내 습성을 다시 한번 깨닫게 되었다). 물론 시간 배분의 필요성에 대해서도 새삼 느낀다.

나가고 싶으면
힌트를 쓰세요

"빨리 힌트 씁시다."

역시 우리보다 판단이 빠른 친구가 내린 결단이다. 방탈출을 하면서 가급적 힌트를 쓰지 않고 나가는 게 좋기는 하다. 하지만 시간이 부족하다면 힌트를 써서라도 결말을 봐야 한다. 방탈출 중에는 진행률이 70퍼센트 이상 되지 않으면 결말을 보지 못하는 곳이 있다. 그래서 힌트를 좀 쓰더라도 결말 보는 걸 추천한다고 말해주기도 한다.

이때 중요한 것은 판단력이다. 언제 힌트를 쓸 것인지 잘 판단해야 한다. 문제를 풀 때도 판단력이 중요하다. 나는 문제를 풀고, 다른 친구는 자물쇠를 돌릴 수도 있다. 내가 생각했을 때 '이거 같은데?' 싶으면 대담하게 얘기해봐야 한다. 사람이 많을 때는 특정 문제를 푸는 순간에 내가 뒤로 빠져야 할 수도 있다. 그런 매 순간마다 판단이 중요하다. 판단력이 합쳐져서 문제 풀이가 되고, 시간 배분이 된다.

방탈출 초반에는 시간 관리를 하지 못해서 실패한 경험이 많다. 방의 수를 가늠하지 못했고 실력도 부족했다. 첫 번째

인생은 방탈출

방에서 너무 열심히 고민해 문제를 푸는 바람에 30분 이상을 썼다. 남은 시간은 30분도 채 안 됐다. 그런데 알고 보니 앞으로 남은 방의 개수는 서너 개로 훨씬 더 많았다. 이럴 수가… 시간 관리 대실패다. 결국 그 테마는 시간 내 탈출에 실패했다.

반대로 방탈출 고수들은 아주 빨리 풀어서, 시간을 많이 남겼다는 랭킹에 오르기도 한다. 방탈출 카페에 가면 이 랭킹이 붙어 있다. 나도 방탈출 고수들과 갔을 때 90분 테마에서 30분 이상을 남기고 나온 적이 있다. '역시 잘하는 사람은 빨리 푸는구나!'라는 생각과 함께, '아, 그래도 좀 더 즐기다 나올걸'이라는 마음도 들었다. 일상이라면 뭐든 빨리 끝내고 다른 일로 넘어가는 게 좋지만, 방탈출은 좀 더 갇혀 있고 싶은 마음도 드니까.

내 취향은 온전히 테마를 즐기는 것이다. 그래서 딱히 시간을 많이 남겨 랭킹에까지 이름을 올려보고 싶은 마음은 없다(아니 못 오르는 게 아닐까? 마음이 없는 거로 하자). 너무 느리게 풀면 실패하고, 너무 빨리 성공해서 나오면 아쉽다. 이래서 시간 배분이 어렵나 보다.

정시 탈출을 위해선 시간 안배가 필수

"그분 원래 메일 확인 안 하시잖아요. 직접 소통하는 편이 빨라요."

시간 안에 나가야만 하는 방탈출처럼 6시 땡! 정시 퇴근도 회사원의 과제이다. 하지만 업무가 많아질수록 더 힘들다. 그래서 판단력과 시간 관리가 중요하다. 내 업무 외에도 '타인'의 캐릭터를 파악하고 그에 맞추어 대응하는 것도 중요하다. 말이 많아서 대면으로 얘기하기보다는 메일로 소통하는 게 좋은 사람이 있다. 반면 메일을 잘 확인하지 않으니 전화를 해줘야 하는 사람도 있다. 부탁을 해야 할 땐 전화나 메일보다는 직접 찾아가 얼굴을 보고 얘기하면 빨리 끝날 수도 있다. 각자 다르고, 옳고 그름을 판단할 수 없지만 그저 내 일을 빠르게 해결하기 위해서 그들을 파악하는 게 좋다.

체력적 한계나 잡생각으로 집중이 잘 안 될 때는 빨리 끝낼 수 있는 다른 업무를 한다. 방탈출은 문제를 풀어야 하는 순서가 정해져 있지만 다행히도(?) 업무는 순차적으로 처리하지 않아도 된다. 나는 방탈출을 하면서 시간 관리 능력과 판단력이 조금 늘었다. 문제를 봐도 답이 떠오르지 않거나 시간이 오래 걸리는 경우 힌트를 써야 하는 것처럼 빠른 회사 탈출을 위해서는 때로 '당근'도 흔들고 시간 안배도 잘해야 한다.

회사에서도 방탈출처럼 힌트로 정답이 바로 나올 수 있다면 참 좋겠다. 오래 걸리는 일들이 순식간에 해결될 테니까. 하지만 현실에는 정답이 없으므로 빠른 탈출을 위해 내 주변에서 도움이 될 만한 단서를 찾아보고 시간을 배분해보자.

참을 수 없는 방탈출 속
거슬리는 요소들

"삐리 삐리 뽀로롱"

호빵 언니는 귀를 틀어막았다. 테마를 온통 쌍비읍이 지배하는 것 같았다. 우리는 저 소리를 끄기 위해 더 열심히 움직였다. 소리를 끄는 장치를 발견했고, 버튼을 꾹 누르자 소리가 꺼졌다. 호빵 언니는 그제야 안도의 한숨을 후 내쉬었다. 각자 방탈출을 할 때 참지 못하는 부분이 있다. 호빵 언니의 경우 BGM, 내레이션, 그리고 옆에서 웅얼거리는 동료의 말소리였다. 귓가를 울리는 사운드를 아주 불쾌해했다. 동료 중에 소리 내어 지문을 읽고 감탄사도 크게 뱉는 특징이 있는 나는 그의 불쾌함에 크게 한몫했다. 〈나는 솔로〉로 치자면 빌런인 셈이다.

**방탈출러만의
징크스**

방탈출러들은 모두 각자만의 징크스, 혹은 참을 수 없이 싫어하는 요소가 있다. 호빵 언니는 사운드에 민감하다. 친구 한 명은 낮은 조명에서 문제를 잘 풀지 못한다. 조도가 낮다고 표현하는데, 조도가 낮은 곳에 가면 매우 갑갑해한다. 그래서 지문을 들고 밝은 곳을 찾아다닌다. 마치 가로등을 찾아다니는 불나방 같다. 조명이 어둡거나 그림자 때문에 그늘 진 곳이 있으면 우리는 불나방 친구를 배려한다. "이 문제는 우리끼리 풀게" 또는 "저기 스탠드 있는 쪽으로 지문을 가지고 가서 보자"라고 말한다.

나는 무던한 편이라 특별히 싫어하는 것은 없다. 오히려 호빵 언니같이 예민한 사람에게 싫어하는 요소를 만들어주는 빌런이다. 아, 그래도 삑딱쾅*이 심한 테마는 좋아하지 않

---

* 장치를 발동할 때, '삑-딱-쾅!' 같은 소리가 나는 것을 뜻한다. 방탈출러들을 놀라게 하는 요소로 작용한다.

는다. 싫어한다기보다는 소리가 나자마자 놀라서 저 멀리 날아간다. 암전도 무서워한다. 방탈출을 할 때 암전이 되는 경우가 있다. 그럴 때면 너무 두려워서 주변 사람에게 안기는 편이다. 평소 치대지도 않고 성격도 나쁜 내가 살면서 가장 고분고분해지는 순간이다.

방탈출에는 이렇게 참을 수 없는 요소들이 있다. 손톱 밑 거스러미처럼, 책들이 삐뚤빼뚤 꽂힌 책꽂이처럼 미친 듯이 불쾌한 건 아니지만 계속해서 눈에 거슬려서 싫어하게 되는 부분이다. 그렇지만 뭐 싫어한다고 방탈출을 안 할 수는 없다. 내가 싫어한다고 이 테마를 없앨 수도 없는 노릇이다. 내레이션 소리가 너무 크다고 줄여달라고 항의할 수도 없다. 다만 끝나고 소리가 너무 크다는 리뷰를 남기거나 직원에게 감상을 전할 수는 있다. 이런 과정에서 방탈출러들의 의견이 반영되기도 한다.

숨 막히게 괴로운 못 참는 요소들이 있지만 그 참을 수 없는 요소들이 방탈출의 귀재를 만들기도 한다. 소리에 민감한 호빵 언니는 소머즈처럼 내레이션 문제를 잘 푼다. 듣기 싫은 소음에는 괴로워하지만 들어야 하는 언어적 정보를 알아차리는 능력은 뛰어나다. 그 덕분에 내레이션을 반복해서 듣지 않아도 우리는 수월히 문제를 푼다.

불나방 친구는 눈이 잘 안 보인다. 그래서 안경을 잘 챙겨온다. 자신의 단점을 잘 알고 있는 덕분에 더 뛰어난 준비성을 획득할 수 있었다. 남들보다 눈이 약하다는 걸 알고 블루베리와 루테인도 챙겨 먹는다고 했다. 평소에 매일같이 시력검사를 하지는 않으니 방탈출을 한 덕분에 자신을 객관적으로 보게 된 셈이다. 백세시대에 걸맞은 건강한 처방이라 박수를 쳐줬다.

나는 삑딱콩에도 약하고 암전에도 약하다. 조금만 겁을 줘도 획 놀라서 죽어버리는 개복치나 다를 바 없다. 하지만 이런 약점에도 장점이 있다. 우선 남들에게 안길 수 있다. 겁이 많은 탓에 팀원들과 빠르게 스킨십을 틀 수 있었다. 바깥세상에서는 평소 친구에게 팔짱을 끼거나 손을 잡는 행동을 하지 않는데 방탈출 테마 안에서만큼은 사랑이 넘친다. 어두워지면 남에게 찰싹 붙어 안긴다. 덕분에 사람들과 빠르게 신체를 접촉하고 친밀해질 수 있었다.

세 명이서 방탈출을 할 때 분리구간*이 나오면 나를 꼭 두 명 쪽에 넣어준다. 나를 포함한 두 명이 한 팀으로 나뉘고, 나머지 한 명이 홀로 한다. 각자 떨어진 공간에서 두 팀으로 플

---

* 각자 떨어져서 플레이해야 하는 특정 구간을 뜻한다.

레이를 한다. 동료들은 내가 겁이 많은 걸 알아서 도저히 혼자 두질 못하겠다고 한다. 약해 보이는 이미지로 키링 포지션을 잡는 데 성공했다. 겁이 많으니 깍두기로 끼어갈 수 있다. 방탈출은 이처럼 대문자 I인 나를 사랑이 많은 사람으로 만들었다.

참을 수 없는 방탈출 속 괴로운 요소들이 있지만 그 덕분에 몰랐던 자기 자신을 발견하기도 하고 단점을 장점으로 극복하기도 한다. 내가 싫어하는 요소까지 방탈출의 일부라고 생각한다. 불쾌한 요소는 탈출하지 못하는 이유가 아니라 나를 더 잘 이해하게 해주는 도구가 된다. 앞으로도 키링녀와 사랑둥이 포지션으로 공포 테마에도 계속 도전할 셈이다. 이런 나를 극복해야 되는 것은 결국 팀원들이겠지. 여러분, 힘내세요.

맥거핀을 알아차리면,
맥이 덜 빠져

"이거는 맥거핀인데 아무 의미가 없어."

〈대탈출〉 속 브레인 유병재 씨가 말한다. 맥거핀*은 실제로는 중요하지 않은데, 중요한 것으로 여겨지는 장치나 연출을 말한다. TV 예능 프로그램인 〈대탈출〉은 방탈출을 큰 규모로 옮겨온 듯 야외 무대나 커다란 장소에서 탈출을 하기 위해 움직인다. 〈대탈출〉에서는 정말 중요한 단서인 줄 알았

* 영화에서 중요한 것처럼 등장하지만 실제로는 줄거리에 영향을 미치지 않는 극적 장치를 뜻한다. 히치콕 감독이 〈싸이코〉 등 자신의 영화에서 사용하면서 보편화됐다.

는데 알고 보면 아무 의도가 없거나 참가자들을 낚기 위한 장치가 나오기도 한다.

방탈출에도 맥거핀이 있다. 앨범이 있어서 열심히 벽에 걸린 사진들을 찾아보았는데 알고 보니 답은 지문의 숫자를 세는 거였다. 정답이 아니라서 맥이 빠졌다. 만약 맥거핀에 낚여서 더 시간을 소모했다면 탈출을 하지 못할 뻔했다. 어떤 날은 의자에 담겨 있는 솜을 다 뺀 적도 있다. 옆에 있는 동료가 그거 아니라며 말렸다.

맥거핀이 너무 많으면 불쾌할 수도 있지만 적당한 낚시 연출을 당하고 나면 속고 말았다는 기분 좋은 괘씸함에 감정의 동요가 생긴다. 그럴싸하게 방탈출러들을 낚고, 속았어도 납득할 만한 적절한 정답을 제시할 수도 있다. 그런 맥거핀은 당해도 맥이 빠지지 않는다. 반면 방탈출 테마 안이 어이없는 맥거핀투성이인 경우 기분이 나쁘다.

인생의
수많은 맥거핀
사이에서

"이렇게 해달라고 말씀드렸잖아요."

옆 부서 사람과 언쟁이 오가는 현장이다. 일의 주도권이 '너에게 있니, 나에게 있니'를 가지고 싸우는 시간이다. 예전에는 이런 기 싸움을 중요하게 생각했다. 내 말이 맞고, 남의 말이 틀렸다. '아니 저 사람은 왜 이렇게 틀린 걸 가지고 우기는 거야.' 그동안 주고받은 메일을 전부 뒤지고 핸드폰에 저장해둔 녹음 파일을 뒤지고 카카오톡에 써둔 메시지를 검색한다. 그래서 내 말이 맞다는 증거를 찾아낸다.

그런데 내 말이 맞다는 증거를 찾아서 이기고 나면, 그게 정말 이긴 걸까? 타인이 잘못했음을 인정하는 게 내 인생의 정답을 찾는 것일까. 아니면 지금 진행하고 있는 일을 잘 풀어가는 게 정답일까. 의미 없는 기 싸움은 그저 일을 방해하는 가짜 단서, 맥거핀일 수도 있다. 살다 보니 정답은 의미 없는 기 싸움, 말싸움, 시간 낭비가 아니라 타인을 좀 더 배려하고 이해해서 일이 술술 풀리게 하는 데 있었다. 의미 없는 싸움 같은 맥거핀을 마주하고 나면 시간과 감정의 낭비가 심하다. 가짜 단서에도 신경 쓰지 않는 담대한 마음이라면 좋을 텐데 모진 소리를 하고 나면 내내 기분이 언짢다.

인생을 하나의 테마라고 보면 수도 없는 맥거핀들이 있다. 이건 정말 봐야 될 것 같은데 싫어 끄지 못하는 인스타그램 속 릴스, 친구들과 한참 떠들고 찾아대는 연예인의 가십, 왠지 꼭 들어야 할 것 같은 인생의 조언이지만 알고 보면 큰 도움이 안 되는 이야기. 그런 것들이 모여 삶 속 맥거핀이 되는 게 아닐까. 물론 이는 낭만과는 다른 개념이다. 낭만은 무용한 것을 가치 있게 보는 시각이지만, 맥거핀은 느낀 점이라고는 없는 시간 낭비일 수 있다.

"아, 이거 맥거핀이잖아."

맥거핀은 맥거핀인 줄 알아차리기만 해도 무게가 좀 덜어진다. 지금 내가 만나고 있는 말, 시간, 행동이 나에게 맥거핀일지, 아니면 적절한 연출이자 낭만일지 생각해본다. 이게 뭔지 알아차리기만 해도, 문제를 해결하는 데 맥이 좀 덜 빠지리라.

방탈출력 측정기

애니메이션 〈드래곤볼〉에서는 전투력 측정기가 나온다. '스카우터'라는 건데, 외계인들은 그 안경 같은 기기를 쓰고 그 사람의 싸움 능력이 얼마나 강한지 확인할 수 있다. 사회생활에서도 사람마다 각각의 능력이 있다. 현실에는 전투력 측정기가 없기에 확연히 드러나지는 않지만 각자 판단을 통해 알고 있다. '저 사람은 계산을 잘하고, 저 사람은 문장력이 좋아. 아, 참 저 사람은 어디든 분위기를 좋게 만들어주지!(그건 정말 큰 능력이다.)' 전장에서도 장군의 역할은 잘 싸우는 것보다 병사의 능력치를 활용해 적재적소에 병력을 배치하는 것이다. 그래서 각자의 능력치를 잘 파악해야 한다. 능력이라고 표현했지만 가볍게는 고유한 개성이나 스타일이라고도

볼 수 있다. 방탈출에서도 사람마다 각자 문제 푸는 스타일이 다르고, 자신이 잘하는 영역이 있다. 방탈출력 측정기가 없어도 몇 방을 함께 하다 보면 각자의 강점과 스타일을 알 수 있다.

모든 걸 잘할 필요는 없다

"그래, 나는 이제 도망치려고 해…. 더 이상 이 집에 살 수 없어."

"저기… 제발 조용히 좀 해줘."

내가 방탈출 속에서 지문을 소리 내어 읽다가 동료들에게 혼난 상황이다. 방탈출에서는 문제와 함께 지문이 등장한다. 지문은 스토리를 설명하고 문제의 요소가 되기도 한다. 나는 그걸 소리 내어 읽어야 집중이 된다. 하지만 동료들은 조용하게 지문을 읽는 편이라 내가 소리 내어 읽으면 면박을 준다. 그래서 가끔은 꾹 참고 속으로 읽는다. 소리 내서 읽어야 하는 사람과 소리를 내지 않아야 하는 사람의 갈등, 과연 누가 죄인인가? 누가 참아야 하는가!

이건 여름철 회사에서 발생하는 에어컨 논쟁과 닮았다. 에어컨 인근에 있는 사람은 춥지만 에어컨에서 멀리 있는 사람은 덥다. 이럴 때 에어컨을 꺼야 하는가? 온라인 커뮤니티에서 에어컨을 켜고 추운 사람이 옷을 껴입어야 한다는 답변을 봤다. 더운 사람들은 에어컨을 틀지 않으면 시원해질 수 없지만 추운 사람은 옷을 입는다는 대안이 있기 때문이다. 그러니까 결국 내가 조용해져야 한다. 내 집중력이 약해지는 것 정도야 전력에 큰 영향을 미치지 않지만 동료들의 집중력이 약해지면 탈출에 실패할 수도 있기 때문이다. 슬프지만 객관적인 사실이다.

반면 이 소리꾼도 환영받는 집단이 있다. 다른 방탈출 그룹에 가면 친구들이 지문을 읽기 싫다며 나한테 읽어서 요약을 좀 해달라고 부탁하기도 한다. 내 속성은 변하지 않는데 어딘가에서는 환영을 받고, 또 어딘가에서는 천대를 받는다. 그건 사회에서도 마찬가지인 것 같다. 그래서 있는 곳에서 잘 안 되면 터를 바꿔보라는 말도 있지 않은가. 그 외에 문제 풀이에서의 강점이라면 나는 관찰력이 좋은 편이다. 다른 동료들이 헤맬 때 여러 소품을 뒤져보고 '이런 방향이 아닐까?'라고 의견을 제시한다.

캐슈넛은 문제를 어떻게 풀어나가야 할지 파악하는 힘이 강하다. 문제를 보자마자 이건 어떻게 풀면 좋을지 바로 맞힌다. 그야말로 센스가 있다. 아마 방탈출 횟수가 다른 사람들보다 많아서이기도 할 거다. 그리고 손도 빠르고 성격도 급해서 문제를 빠르게 푼다. 호빵 언니는 언어 능력이 뛰어나다. 우리가 헤매고 있을 때 두 개의 지문을 연결해서 하나의 단어를 만들어내는 능력을 보여준다.

방탈출에서 각자 잘하는 영역이 있으면 서로 그 부분을 인정해주고 게임을 하면 재미있다. 반전은 그 능력치가 바뀌는 순간도 있다는 것이다. 어느 날 내가 평소 약하던 수리 문제를 별안간 풀기도 하고, 캐슈넛이 뛰어난 관찰력을 발휘하기도 한다. 이건 각자 능력이 다른 사람들이 모여 같이 게임을 하면서 서로 좋은 영향을 주고받기 때문이다.

"저… 이거 한 번만 봐줄 수 있어요?"

야근을 하며 늦은 시간까지 일을 하는데, 엑셀 파일 하나에 수식이 잘 적용되지 않았다. 의지하는 건 힘든 일이지만 옆에 있는 동료에게 도움을 청했다. 그 친구는 "아, 이거 쉬워요"라며 1분 만에 문제를 해결했다.

"이것 땜에 야근하시려고 했어요? 앞으로도 애매한 것 있으면 얼마든 물어봐요. 별것도 아닌데 야근하면 속상하잖아요."

오, 능력도 좋으신데 정말로 친절하시다. 이래서 어떤 동료가 어떤 능력이 있는지 알고 있으면 내 퇴근 능력도 올라간다. 그뿐만 아니라 그다음부터 동료의 방식을 따르면 나도 동료에게 좋은 영향을 줄 수 있다. 능력치는 제각기 다르지만 사람은 다 서로에게 조금씩 영향을 받고 좋게 변화한다. 일에서 각자의 능력치를 파악하면 퇴근이 쉬워지는 것처럼 방탈출에서도 각자의 스타일을 이해하면 탈출이 더 쉬워진다. 방탈출력이란 모든 부분이 고르게 뛰어날 필요 없이 각자 자신의 개성과 능력을 발휘해 함께 문제를 물리쳐나가면 그만이다. 아, 그리고 모든 멤버가 힘을 동원해도 풀지 못하는 문제의 경우 크게 걱정하지 않아도 된다. 힌트라는 좋은 무기가 있으니 말이다.

방탈출과 인생의 기승전결

"철커덕."

이 방의 문을 열면 우리는 완전히 새로운 단계로 진입하게 된다. 지금까지는 회색빛의 병원이 배경이었는데 문을 열자 갑자기 천국이 펼쳐진다. 이런 방이 있는 줄은 몰랐던 우리는 눈이 커진다. 그 전까지의 방들이 조금 칙칙했다면, 이 방부터는 분위기가 180도 바뀌었다. 천국의 방에 들어오고 나서부터는 동료들도 텐션이 올라갔다.

소설이나 영화에는 기승전결이 있다. 이야기가 시작되고 문제가 일어난다. 문제를 해결하고 갑자기 이야기가 고조되며 전환점이 생긴다. 이후 반전이 등장하거나 이야기가 마무

인생은 방탈출

리된다. 사람들은 이런 이야기 구조에 흥미를 느낀다. 방탈출도 마찬가지이다. 방이 이어지며 방탈출의 '기-승-전-결'이 펼쳐진다.

**방탈출의
기승전결**

(※스포일러를 방지하기 위해 가상의 이야기를 씁니다.)

첫 방은 소설로 치면 사건의 발단인 '기' 부분이다. 첫 방은 매우 간단하게 시작하는 경우가 많다. 다음 장으로 넘어가기 위해서 사건의 배경을 설명하는 곳이다. 처음에는 주인공의 방 혹은 의외의 장소에서 시작하기도 한다. 방탈출러들은 포스터를 보고 '아, 이 포스터가 이런 이미지니까 여기서 시작하겠지'라고 짐작한다. 방탈출은 시작할 때 눈을 감고 들어가서 몇 초를 센 후 눈을 뜨는데, 그때 첫 방을 보면 기대감이 고조된다. 눈꺼풀을 들어 올릴 때까지 느끼는 긴장과 떨림은 이루 말할 수 없다. 그래서 눈을 뜨면 그 방과 잠깐 거리를 두고 돌아보며 즐기기를 좋아한다.

반면 성격이 급한 내 동료들은 내 설렘을 기다려주지 않는다. 눈을 뜨자마자 바로 할 일을 와다다다 찾아낸다. 흠, 성격급한 것들. 방탈출은 성격이 급해야 잘하기는 한다. 눈을 떴을 때 보이는 인테리어, 느껴지는 공기, 공간에 놓여 있는 소품. 그 시작점이 이 방탈출 스토리의 배경이다. 첫 방에는 과도한 힘이 들어가 있지는 않다. 문제 수도 적은 경우가 많다. 하지만 방탈출러들의 기대감을 높일 수 있는 구성으로 이루어진다.

두 번째 방은 사건의 전개인 '승'이라고 할 수 있다. 호텔로 예를 든다면, 첫 번째 방은 로비나 카운터이고 두 번째 방은 객실로 진입한 것과 마찬가지이다. 문제의 수도 많아지고 이야기의 윤곽도 점점 드러난다. 주인공은 이제 바쁘게 움직여야 한다. 물론 그 주인공은 나이다. 그래서 첫 번째 방에서 시간을 많이 허비했다면 두 번째 방에서는 더 빨리 움직여야 한다. 아케이드형 방탈출에서는 수많은 미션이 여기서 등장한다. 하나씩 미션을 풀어나가야 하는 방이기도 하다. 우다다다 미션을 풀다 보면 어느새 시간이 간다. 이야기가 차츰 고조된다.

세 번째, 네 번째 방이 되면 숨겨진 비밀이 드러난다. '전'이라고 할 수 있다. 여기서는 인테리어나 구성이 약간 반전되는 경우도 있다. 분명히 회사원 이야기인 줄 알고 문제를 풀어왔는데 알고 보니 지옥 이야기일 수도 있다. 아니면 A의 시점으로 방탈출을 하다가 갑자기 A의 친구인 B의 시점으로 바뀌기도 한다. 반전이 일어나거나 새로운 사건으로 전환되는 단계이다. 이쯤되면 흥미가 더욱 차오른다. 이래서 방탈출러들은 끝나고 "저는 어떤 구간이 좋았어요"라는 이야기를 나누기도 한다. 각 구간의 매력이 다르기 때문이다. '이때쯤이면 끝났겠지?' 싶었는데 끝나지 않아서 더 열심히 해야 되는 구간이기도 하다. 여기에서 방탈출을 실패하면 더 아쉽다.

마지막 방이 되면 이야기가 마무리된다. 방탈출의 '결'이라고 할 수 있다. 앞에 던져두었던 떡밥들도 회수해야 하고 사실은 이런 이야기였다는 것도 점차 드러나게 된다. 맨 뒤에 반전이 존재하는 경우도 있다. 쉽게 이해되는 간단한 스토리도 있지만 결말쯤에 굴곡을 넣어 방탈출러들을 놀라게 하는 경우도 있다. 이때가 되면 탈출해야겠다는 사명감이 든다. 그리고 얼마 남지 않은 시간 때문에 방탈출러들은 열심히 싸운… 아니 문제를 푼다. 이쯤 되면 정말 이 방과 대결한다는 생각도 든다. 하도 움직여서 체력도 소진했고 문제를 푸느라 머리도 지끈 아파온다. 하지만 끝까지 달릴 수밖에 없다! 엔딩을 봐야 의미가 있기 때문이다.

이렇게 마지막 방을 탈출하면 한 테마의 '기-승-전-결'을 본 것이나 다름없다. 방을 순서로 표현했지만 예시일 뿐 방의 개수는 각각 다르다. 테마의 규모나 구성에 따라 기승전결도 달라질 수 있다. 탈출을 성공하면 이야기가 다 끝난 것 같지만 영화에 쿠키 영상이 존재하듯이 직원의 응대가 남아 있다.

"알고 보면 이 이야기는 이런 것이었어요. 혹시 그 파란 방에서 노란 물약 보셨나요? 그건 사실…."

이렇게 숨겨진 이야기까지 들려준다. 그러면 감동은 몇백 배로 몰아친다. 직원분의 응대가 훌륭하면 뛰어난 에필로그나 쿠키 영상 못지않게 여운에 잠긴다. 개연성과 기승전결이 완벽한 테마를 잘 마무리하고 나면 잘 차려진 밥상을 든든하게 소화해낸 기분이 든다.

인생의 기승전결

삶도 비슷한 것 같다. 내가 살아온 이야기 속에도 기승전결이 있지 않을까. '기'에 해당하는 아동기와 청소년기에는 공부를 하고 친구들과 추억도 쌓는다. 그때 생겼던 꿈이 청년기가 되어서도 영향을 미친다. 청년기는 활동성이 넘쳐나는 '승'에 해당한다. 열심히 일도 하고, 공부도 하고, 사람들도 만나고 사랑도 찾는다. 여러 가지 사건이 참 많이 벌어지는 나이이다. 중년기는 아직 겪어보지 않았지만 다른 전환점이 찾아올 거라는 예감이 든다. 이야기로 치면 '전'에 해당한다. 이후 노년기에 접어들면 '결'로서 인생의 황혼기를 잘 마무리하기 위해 준비해야 할 거다.

딱 맞아떨어지진 않지만 삶에도 시기마다 굴곡이 있다. 소설, 영화, 그리고 방탈출처럼 말이다. 방탈출에서는 앞방에서 시간을 오래 소요했다면 남은 시간이 부족하기 때문에 뒷방에서 서둘러야 한다. 인생도 그렇지 않을까? 노력에 비례하여 결과가 주어지진 않지만 허비한 시간이 많았다면 나중에는 부쩍 서둘러야 한다.

편의상 생애주기대로 나누었지만 인생의 기승전결은 사실

언제 올지 모른다. 방탈출과 인생이 다른 점이 있다면 방탈출은 기획자가 만든 플롯이 정해져 있지만 인생은 그렇지 않다는 것이다. 내가 어떻게 하느냐에 따라 갑자기 나에게 위기나 절정의 순간이 올 수도 있다. 갑작스러운 영광의 기회가 올 수도 있고, 예상치 못한 불운의 사고가 생길 수도 있다.

하지만 인생과 방탈출에는 공통점이 있다. 과정의 그 어떤 순간에도 문제를 풀어나가고 이야기를 전개해나가야 한다는 점이다. 방탈출과 인생에서 그냥 멈춰 있는 순간은 없다. 움직여야만 한다. 실제로 아는 사람은 방탈출을 하다가 그냥 멀뚱히 서 있었더니 직원이 인터폰으로 뭘 하라고 지시했다고 한다. 가만히 있고 싶어도 그럴 수 없는 게 방탈출이다. 삶도 멈출 수 없다. 어떻게든 흐른다. 내 인생의 기승전결 그 어디에 서 있든 우리는 자물쇠를 열기 위해 애쓴다.

기승전결이 완벽하고 멋진 테마를 만났을 때 방탈출러들은 '인생 테마'를 만났다고 한다. 이처럼 삶에서도 아름다운 절정과 결말을 위해 열심히 살다 보면 삶의 순간순간이 모여 우리의 인생 자체가 '인생 테마'가 되지 않을까.

도파민 폭발, 방탈출 공포 테마 추천

방탈출 공포 테마에 가면 나는 비명을 장전한다. "아악!" 전방에 함성 발사! 사실 굳이 공포 테마에 가지 않아도 방탈출에 가면 늘 삑딱쾅에 놀란다. 장치나 소품 하나라도 떨어지고 큰 소리만 나도 사시나무 떨듯 덜덜 떤다. 나는 쫄보 중에 쫄보, 일명 극쫄보인 '극쫄'이다. 꼭 무서운 테마가 아니어도 조명이 조금만 어두워지고 조도가 낮아지면 "여기 뭐 나오는 거 아니야?" 하며 창공을 느끼고는 한다.

이렇게 무서운데도 불구하고 공포 테마를 하는 이유는 몰입감이 엄청나기 때문이다. 테마 내 주인공이 되어 공포를 극복하는 기분은 엄청난 소름과 희열을 안겨준다. 공포 테마를 좋아하는 방탈출러들은 '공포 테마 빙고' 완성을 목표로 공포 테마를 위주로 방탈출을 즐긴다. 나는 극쫄이기 때문에 공포 테마를 많이 플레이해보지는 못했다. 이런 극쫄도 희열을 느끼며 즐긴 테마이자 많은 방탈출러가 추천하는 공포 테마를 소개해보겠다. 아찔한 공포를 느끼고 싶다면 도전해보자. 단, 본인이 겁이 많다면 '탱'을 꼭 데리고 가길 권한다.

솔버 건대1호점
〈LUCID DREAM(자각몽)〉

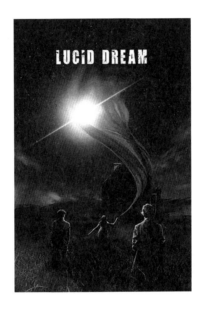

포스터부터 범상치 않았는데, 이런 스토리가!

'솔버 건대1호점'의 〈LUCID DREAM(자각몽)〉은 꽤 오래된, 일명 1세대 공포 테마이다. 대체 뭘 자각했다는 걸까? 생각만 해도 겁이 난다. 캐슈넛이 방탈출 중에 공포 테마도 있다고 말해서 찾아보다가 가게 된 곳이다. 사실 무서웠지만 호기심에 어느새 예약을 하게 되었다. 나처럼 겁이 많지만 방탈출에 흥미가 있는 친구들을 설득해서 함께 체험했다. 1세대 공포 테마로는 〈LUCID DREAM〉 외에도 '코드케이 강남·구월점'의 〈미스터리 거울의 방〉, '미스터리룸 이스케이프 강남점'의 〈인형괴담〉 등이 있다.

현실과 구분이 되지 않는 꿈.
그 안에서 당신은 처음 보는 소녀의 부름에
낯선 방에 이르게 된다.
자신을 J라 소개하는 그 소녀는
자신의 이야기를 들어달라 해놓고는
홀연히 사라져버린다.
"J…? 4년 전 연쇄 실종 사건의 마지막 실종자… J?"
단순한 꿈이 아님을 직감적으로 눈치챈 당신은
천천히 방을 둘러보게 되는데….

연쇄 실종 사건과 연관된 이야기일 것 같다. 왠지 스토리만 봐도 좀 으스스하다. 포스터는 소녀의 빨간 스카프가 번쩍이는 태양 빛까지 닿는 모습이 그려져 있다. 그림 자체만 보면 뭔가 성경 속 인물들 같기도 하고, 경건해 보이기도 하다. 〈LUCID DREAM〉의 한 만화 후기에서는 높이 태양까지 날아가버린 스카프처럼 극심한 공포 때문에 사람이 날아간다고 표현하기도 했다.

그게 사실이었다. 실제로 테마 안에서 한 친구는 저 멀리까지 나가떨어졌고, 나는 벽에 딱 붙어 있었다. 한 친구는 눈을 질끈 감아버렸다. 스스로 시각을 봉인했다. 각종 비명을 지르고 온몸에 진이 빠지고 나서야 그 테마에서 나올 수 있었다. 이게 아찔한 나의 첫 공포 테마 경험이었다.

며칠 동안 한 구간이 눈에 어른거렸다. 그러고는 갑자기 방탈출의 매력에 푹 빠졌다. 마치 입안까지 얼얼한 떡볶이를 먹을 당시에는 너무 맵고 힘들지만 며칠이 지나면 다시 주문하고 있듯이, 공테의 매력에 빠져버렸다. 동료들도 다들 무섭다고 했지만 또 가보고 싶다고 했다. 〈LUCID DREAM〉은 공포가 극대화되는 구간이 있다. 방탈출러들은 〈LUCID DREAM〉

의 이 아찔한 구간을 바주카 구간이라고 부른다. 바주카 구간을 버티느냐, 버티지 못하느냐에 따라 〈LUCID DREAM〉의 성공 여부가 달려 있다.

〈LUCID DREAM〉은 2017년에 생긴 테마이다. 테마가 생긴 지 오래됐기 때문에 게임 내의 자물쇠와 인테리어가 조금 낡긴 했다. 그래도 정통 공포 테마를 맛보고 싶다면 〈LUCID DREAM〉을 추천한다. 나는 이후 '솔버 건대1호점'의 모든 게임을 완료해서 졸업*을 했다. 세 개의 테마는 모두 이야기가 연결되어 있어 다 경험하면 더욱 흥미롭다. '솔버'는 스토리 맛집으로도 유명하다.

---

* 한 방탈출 카페의 모든 테마를 다 플레이해본 것을 뜻한다.

인생은 방탈출

황금열쇠 건대점
〈fl[ae]sh(플래시)〉

이 배에서 내리게 해주세요,

아니 다시 태워주세요… 무서운데 재밌어요

　'황금열쇠 건대점'의 〈플래시〉는 유토피아호라는
큰 배에서 벌어지는 일을 다룬 공포이자 스릴러 테마
이다. 만들어진 지 얼마 안 된 신식 테마로 들어가기
전 유람선 티켓을 받을 수 있고, 인테리어도 섬세하

게 꾸며져 있어 몰입도를 높인다. 고퀄리티의 내레이션과 음향효과가 공포감을 자극한다. 2022년 방탈출 어워즈 공포/스릴러 수상작이라 더욱 기대하고 방문했다. 사실 〈플래시〉는 공포/스릴러로 분류되어 있으니까 그냥 공포 테마로만 분류된 것보다는 도전하기 괜찮겠다는 생각으로 방문했다.

이상적인 꿈의 공간. 유토피아호에 당신을 초대합니다.

유토피아호는 시작부터 인상적이었다. 대기실에서부터 뱃고동이 울리며 테마가 시작된다. 시작 전에 몰입이 되도록 집중을 시켜주는 느낌이다. 수업에 들어가기 전 종소리가 울리면 집중이 되는 것과 같은 이치랄까. 테마 안 인테리어는 실제 배와 유사하다. 온몸으로 배에 탄 듯한 기분을 느낄 수 있다. 발밑으로는 약간의 출렁거림까지 재현해두었다. 좀 더 오버하자면 멀미도 느낄 수 있겠다.

호화스러워 보이는 배의 인테리어에 처음에는 이게 공포가 맞는 건지 의문이 들었지만, 공포는 점점 고조된다. 들어가기 싫은 구간들이 불쑥불쑥 등장해도 우리는 들어가야만 한다. 문제의 개수도 많지 않고 난이도는 그다지 어렵지 않다. 공포 테마를 처음 하거나 방탈출 경험이 적은 사람이 도전해도 좋을 듯하다. 문제의 퀄리티보다는 한 편의 이야기 속에 들어온 듯한 뛰어난 몰입감 덕분에 좋은 평가를 받은 작품 같았다.

〈플래시〉에서는 〈LUCID DREAM〉을 할 때처럼 소리를 지르며 멀리 나가떨어지지는 않았다. 대신 '흐억' 하면서 숨을 참게 되는 공포를 느끼게 된다. 숨막히는 공포이다. 〈LUCID DREAM〉이 한 방의 큰 하이라이트가 있는 공포라면, 〈플래시〉는 긴장감이 내내 유지된다. 스토리를 알아갈수록 기분 나쁜 불쾌감도 더해진다.

〈플래시〉는 공포도가 많이 강하지 않기 때문에 도전해보기를 추천한다. 물론 '탱'이 없었다면 한 발짝도 나가지 못했을 거다. 나는 탱이 없으면 못 가는 쪽이었고, 탱은 "하나도 무섭지 않다"라는 겁쟁이로서 참 부러운 발언을 했다. 〈플래시〉는 연출이 인상적인 테마이기 때문에 문제가 그렇게 어렵지는 않다. 초보자들이 풀어봐도 쉽게 풀리는 문제로 구성되어 있다. 하지만 공포 때문에 뇌가 굳을 수는 있다. 그런 점을 감안해서 시간 배분을 잘해야 한다. 우리 일행은 시간을 얼마 남기지 않고 탈출에 성공할 수 있었다.

더불어 '황금열쇠 건대점'은 직원들이 굉장히 프로페셔널하다. 끝나고 전체적인 스토리에 대해서 이야기를 해주는데 몰입감이 더욱 고조된다. 끝나면 탈출 기념으로 승선 티켓도 주고, 선원들이 쓰는 모자를 쓰고 사진도 찍을 수 있다. 몰입감과 연출이 인상적인 곳이다. '황금열쇠 건대점'에 있는 또 다른 테마인 〈NOW HERE〉도 함께 해보면 스토리의 탄탄함에 더욱 감탄하게 된다.

인생은 방탈출

제로월드 블랙
〈제로(ZERO)〉

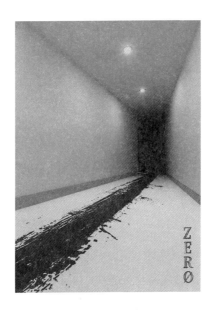

전문 배우들을 활용한 스토리, 공포 맛집 제로월드

〈제로〉는 방탈출 공포 테마 맛집으로 유명한 '제로월드'에서 신규로 나온 테마이다. '제로월드 블랙'이라는 이름을 걸고 나왔는데, 테마 소개부터 범상치 않다. "내가 주인공이 되는 '리얼 무비', 전문 배우와 함께하는 능동형 엔터테인먼트 스토리 속에 당신을 맡겨보세요." 전문 배우가 나오는 연출이라니… 정말 몰입감이 뛰어날 것 같지 않은가? 가기 전부터 오줌 쌀 것 같은 소개이다. 〈제로〉를 다녀왔다면 그날 밤은 부모님 방에서 자도록 하자.

〈제로〉 또한 2023년 방탈출 어워즈 공포 부문에서 수상한 테마이다. 19세 미만은 이용이 불가하며, 최대 인원 4인으로 진행할 수 있다. 가격은 인원수 상관없이 한 타임에 24만 원으로, 4인 기준으로는 1인당 6만 원이다. 다른 테마의 두 배 이상이라 손 떨리는 가격이다. 플레이 시간은 두 시간이다. 그야말로 '제로월드'에서 각 잡고 만든 야심작이다. 도대체 방탈출로 어디까지 할 수 있는지 실험해보는 듯한 공포 테마이다.

공포지수: ZERO
'강남 제로월드'의 10번째 테마 〈제로〉입니다.
마지막까지 저희와 함께해주시겠습니까?

아니 공포지수 제로라니? 이제 상세 설명으로도 사람들을 현혹한다. 극쫄 기준 너무 무서운 테마이다. 하지만 몰입감이 장난 아니다. 멋진 인테리어와 소름 끼치는 소품, 잊을 수 없는 연출이 기가 막힌다. 〈제로〉는 탱이 쫄을 지킬 수 없는 테마로, 모두에게 공포도가 동일하게 돌아가는 테마이다. 관찰력이 매우 중요하고 문제 수도 많다. 특정 구간에서는 공포도가 엄청나게 상승하는데 긴장감에 숨이 막힌다. 방탈출을 하면서 몰입이 잘되지 않던 사람들도 인테리어나 연출 등으로 인해 순식간에 몰입이 된다. 한 편의 뮤지컬이나 연극 속으로 들어온 것 같다는 후기가 많다. 정말 고퀄리티의 공포 테마이다.

　입문자에게는 너무 어려울 수 있고, 또 눈이 너무 높아질 수도 있어 추천하지 않는다. 처음부터 고급 와인으로 와인에 입문하면 저렴한 와인의 맛을 혀가 못 느끼게 되는 이치와 같달까. 다른 공포 테마로 방수를 많이 쌓은 후에 가보기를 추천한다.

★

방탈출러들이
인생 테마로 뽑은 테마들

 방탈출러들은 너무 재미있어서 손에 꼽을 만한 테마를 '인생 테마'라 부른다. 그 정도로 너무나 즐겁고 짜릿하고 감흥이 있는 테마이다. 내 기준 인생 테마와 많은 방탈출러들이 인생 테마로 뽑은 테마를 소개해보겠다.

〈필름 바이 에디〉

메모리컴퍼니에 취직하고 싶다. 영원히…

'키이스케이프' 매장은 들어서자마자 오감이 만족하는 느낌이다. 주황색이 도는 벽면과 유리문에 적힌 '키이스케이프' 로고, 'MEMORY COMPANY'라고 쓰인 네모 간판, 갈색의 벽돌이 차분히 쌓여 낮은 담처럼 만들어진 좌식 공간, 그 위에는 또 색을 맞춘

갈색의 방석이 일렬로 우리를 기다리고 있다. 갈색과 주황색, 검정색으로 튀는 색 없이 눈이 편안한 대기실이다. 어느 것 하나 촌스럽거나 어색한 게 없다.

'키이스케이프 메모리컴퍼니'는 어떤 지점을 가든 깔끔하고 감각적인 인테리어를 보여준다. 대기실 한쪽 구석에 위치한 TV에서는 테마에 대한 스토리가 흘러나온다. '메모리컴퍼니'라는 매장명과 테마에 걸맞은 기억에 대한 영상이다. 집중해서 봐야 하는 영상이 아니라 광고처럼 만들어져서 크게 주의를 기울이지 않고 슥 보면서 흥미를 느낄 수 있다. 마치 냉면을 먹기 전 반숙 달걀을 먹으면 입맛이 돌 듯, 그 영상을 보고 있으면 테마에 대한 기대치가 점점 올라간다.

대기실에서부터 흥이 오르는데 어느새 직원이 우리를 부른다. "1시에 〈필름 바이 에디FILM BY EDDY〉 예약하신 분들 맞으시죠?" "맞아요!" 직원은 어느새 우리를 이끌고 '메모리컴퍼니' 안으로 들어간다. 그리고 나는 잊을 수 없는 테마를 만난다.

인생은 방탈출

Name_Eddy Raymond
Age_25 years old
Gender_Male
Occupation_

특이사항

1) 취업 준비 기간: 4년 3개월
2) 취업하고 싶은 곳: 메모리 컴퍼니 기억 수사팀

에디의 한 마디

이제는 더 이상 취업을 미룰 수 없어요.
취준생에게 지원되는 기억 담보대출 기한도 올해가 마지막.
제 취업을 기다려주시는 부모님의 인내심도 올해가 마지막.
이번에도 기억 수사관이 되지 못하면 그냥 안정적이고
연금도 보장되는 기억 미화원에 지원해야 할 것 같아요….
그러니 제발! 이번엔 MEMORY COMPANY 기억 수사팀에
붙고 싶어요!

대기실이 예뻐서 기대한 만큼 매장 안도 예뻤다.
매장이 생긴 지 얼마 안 돼서 그렇겠지만 호텔 안에
들어온 것처럼 모든 방이 예뻤다. 배치되어 있는 소
품 하나하나 신경 쓴 티가 났다. 각 구간마다 장르는
조금씩 바뀐다. 어떤 곳에서는 에디의 마음에 빙의해

서 헐레벌떡 뛰어다녔고, 어떤 곳에서는 감상에 젖었다. 특히 후반부에 기억에 남는 곳이 있다. 갑자기 장면이 전환되며 다른 장르의 방탈출 테마로 이동하는 느낌이다. 뒤통수를 맞은 기분인데, 얼얼하기보다 미소가 나온다. 그 구간에서는 협동심도 발휘하여 흥미진진하게 나아갈 수 있었다.

방탈출이 끝나고 나와 함께 한 동료들에게 말했다. "이게 바로 내 인생 테마야!" 정말 확신의 인생 테마였다. 우선 인테리어가 너무 예뻤다. 내용도 물 흐르듯 자연스러웠다. 다채로운 장치와 연출이 인상 깊었다. 우리는 16분 정도를 남기고 나왔는데, 1분만 남겨두고 마지막까지 즐기다 나왔어야 했다. '키이스케이프'는 앞으로 이게 마지막 문제라고 꼭 표기해주셨으면 한다. 그래야 더 천천히 풀 테니까. 다시 떠올려도 더 갇혀 있고 싶다.

'키이스케이프'는 나 말고도 많은 사람들이 즐겁게 플레이하는 매장이다. 그래서 한 테마가 아닌 매장 전체가 2023년 올해의 방탈출 카페로 뽑혔다. 필름 바이 시리즈는 이후 〈필름 바이 스티브FILM BY STEVE〉, 〈필름 바이 밥FILM BY BOB〉 테마를 내며 더욱더 인기가 많아졌다. 세 테마 모두 우수한 퀄리티를 자랑한다. 하지만 내게는 처음 했을 때 충격적으로 좋은 기억을 남겨준 〈필름 바이 에디〉가 아직까지 최고의 테마이다. 떠올릴 때마다 다시 한번 가고 싶을 만큼 예쁘고 흥미진진한 테마이다. 이직을 한다면 '메모리컴퍼니'로 하고 싶다. 제발 저를 뽑아주세요.

키이스케이프 LOG_IN 1
〈머니머니패키지〉

신이 나서 방방 뛰어다닌 테마

'키이스케이프 LOG_IN 1'의 〈머니머니패키지〉
포스터를 보면 여러 가지 물품들이 등장한다. 귀여운
원숭이 인형부터 구형 전화기까지. 어렸을 적에 했던

종이 인형 옷 입히기 놀이를 떠올리게 한다. 포스터
도 흥미로운데 홈페이지에 나와 있는 설명과 주제는
더 흥미롭다. 바로 돈, 머니money란 말이지. 머니라는
말도 솔깃한데 패키지라는 말은 더 솔깃하다. 과연
어떤 테마가 펼쳐질까?

안녕하세요. 어른이 여러분.
여러분들이 정말 좋아할 만한 주제를 가지고 왔는데.
뭘까~요?
짜잔~ 돈이랍니다.
인생은 다 '돈'이에요.

그래서 준비했습니다.
바로바로 키이스케이프사에서 야심 차게 선보이는
'머니머니패key지'

이 각박한 세상에서 정신 똑바로 차리고 살아갈 수 있도록.
지금 바로 즐겨보세요!

　　처음에 들어가서는 약간 감을 못 잡았다. '도대체
이게 뭐지?'라는 생각이 들었는데, 테마 중반부에 들

어서자 놀이동산에 온 듯 신이 났다. 와다다다 뛰어다니게 된다. 테마가 정말 놀이동산을 구현하고 있는 건 아니지만 마치 미국 놀이동산에 온 듯한 기분이 든다. 이건 내레이션과 게임을 하듯 구성된 문제와 시기적절한 연출 때문이다. 특히 중간에 문제로만 이루어지지 않은 이색적인 구성이 있는데 이때 동료들과 상의하고 참여해서 협동하면 더욱 재밌다.

'키이스케이프'는 자본의 맛이 느껴진다고 할 정도로 큰 비용을 들여 테마를 구성한 곳이다. 그만큼 가격이 비싸기도 하지만 대부분의 테마가 만족스럽다. 〈머니머니패키지〉는 방탈출에서 이런 구성을 할 수도 있다는 것을 알려줬다. 친한 사람들과 가면 더 즐거울 테마이다. 하고 나면 정말 돈이 더 벌고 싶어진다. 돈이 다는 아니지만 돈이 많은 걸 해결해주니까! 테마 내내 높은 텐션을 유지하며 신나게 구르다 보면 끝나고 짜릿한 전율을 느낄 수 있다. 그리고 '키이스케이프'라는 매장에 애정을 가지고 있다면 더 즐겁게 할 수 있다.

단편선
〈그림자 없는 상자〉

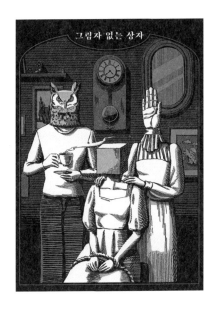

단편선 말고 장편선으로 만들어주세요,

혹시 여기는 소설 안인가요?

나는 '단편선'의 테마 〈그림자 없는 상자〉를 광고

영상으로 처음 보게 되었다. '방탈출도 지하철 광고

를 하는구나'라는 신기함과 더불어 테마의 포스터가 감각적이어서 도대체 무슨 내용일까 궁금해졌다. 홈페이지를 보니 영상과 기획 담당자가 광고홍보학을 전공한 필름 디렉터라고 한다. 그렇게 생각하니 이해가 됐다. 과연 '단편선'의 〈그림자 없는 상자〉는 정말 감각적이고 세련된 테마였다. 초창기에는 예약이 너무 힘들었다. 2022년 방탈출 어워즈 SF/판타지 부문에서 1위를 한 테마이니 당연한 결과일지도 모른다. '단편선' 카페 자체가 2022년 방탈출 어워즈 올해의 카페로 선정되기도 했다.

"미안해 누나. 근데 내가 맞았어.
결국 끝도, 시작도 누나한테 달렸어."

안다. 비극에 대처하는 방법은
우리 모두 각자 다르다는 것을.
또한 안다. 어린 나이의 동생에게 막내의 죽음은
감당하기 힘든 일이었으리라는 것을.
하지만 시현아. 누나도 사람이고, 힘들고, 아파.

　도대체 어떤 상자길래 그림자가 없을까. 막내가 죽었는데 누나가 집으로 향하다니 좀 무서운 내용 아닐까? 스토리만 보면 무슨 내용인지 예측이 되지 않는다. 테마에 들어가보면 스토리에 금방 빠져들게 된다. 〈그림자 없는 상자〉는 세련되다 못해 수려하다는 말이 어울리는 테마이다. 방탈출 제작자들이 방탈출에 진심이라는 것이 느껴진다. 인테리어와 소품은 화려하진 않지만 알차게 잘 꾸며져 있다. 방탈출을 하다 보면 간혹 몰입감이 확 깨지는 경우가 있는데, 내레이션이나 영상이 유치할 때 그렇다. 하지만 〈그림자 없는 상자〉는 연출, 영상, 내레이션 모든 것이 완벽하다. 실제처럼 잘 구성해놓아서 금세 집중이 된다. 이야기 속에서 다루는 세계관은 신기하다. 특정 연출에서는 오묘한 기분에 휩싸이며 입이 벌어진다.

멋진 인테리어와 연출, 디테일한 장치를 보면 소설 속 뛰어난 묘사를 읽은 듯 여운이 남는다.

여운을 더해주는 건 테마를 끝내면 주는 스토리북 이다. 스토리북도 포스터를 활용하여 감각적으로 꾸며져 있다. 스토리북을 읽다 보면 테마 속 세계가 한층 더 구체화되면서 흥미를 느끼게 한다. 그리고 신기한 건 세계관이 탄탄한데도 스토리북이 웃기다. 집으로 돌아가는 길에 함께 방탈출을 했던 방메들과 내내 스토리북 이야기를 나누며 피식피식 웃었다. 스토리북의 디자인은 출판된 전집처럼 느껴질 정도이다. '단편선'이라는 카페의 이름이 어울릴 만큼 방탈출 테마가 아닌 한 편의 소설을 읽고 나온 것 같았다. 지나치게 자극적이거나 엄청나게 화려하지는 않지만 완성도 있게 잘 만들어서 오랫동안 여운이 남는 테마이다.

지구별방탈출 홍대라스트시티점
〈섀도우〉

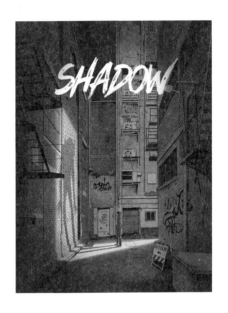

고퀄리티 범죄 미스터리 테마

　'지구별방탈출 홍대라스트시티점'은 홍대 메인 스트리트의 눈에 띄는 곳에 위치해 있다. 대학생 때만 해도 이곳에는 늘 가장 핫한 프랜차이즈 가게들이 있었던 것 같은데 어느새 방탈출이 자리 잡았다니, 격세지감이 느껴졌다. 내가 방탈출 카페 사장은 아니지만 왠지 뿌듯하다. 매장 안으로 들어갔는데 대기실부터 이미 SF 테마 안으로 들어온 것 같았다. '지구별 방탈출'에는 지금까지 본 것 중 가장 멋진 대기실이 있었다(내 마음속 대기실상을 주기로 했다). 대기실 자체가 이미 포토존처럼 꾸며져 있어서 방메들과 영상도 찍고 사진도 찍으며 놀았다. 테마로 입장하기 전부터 분위기가 고조됐다.

In darkness, the shadows come alive.
어둠이 드리울 때, 그림자는 깨어난다.

우선 〈섀도우〉는 어렵지 않다. 힌트 폰을 무제한으로 쓸 수 있고, 진행률도 확인 가능하다. 관찰력이 필요한 문제들이 많고 문제가 억지스럽지 않다. 더불어 신기한 연출이 돋보인다. '방탈출에서 이런 게 가능하구나' 하는 신선한 연출이 있다. 스토리와 공간 활용도 알차다. 엄청나게 광활한 공간은 아니지만 이 정도 규모에서 이렇게 다양한 시도를 해볼 수 있다는 게 놀랍다. 방탈출의 규모를 드라마라고 한다면 〈섀도우〉는 대하 드라마가 아닌 단막극인데 여운이 참 깊다. 과몰입하게 해주는 연출 맛집이다.

범죄 미스터리 테마인 만큼 조도가 낮은 구간들이 있다. 누군가에게 쫓기거나 긴장되는 상황에 놓이는데 그 스릴이 나쁘지 않다. 테마의 난이도는 어렵지 않으나 관찰력이 중요하다. 조도가 다소 낮아서 집중해서 관찰해야 한다. 독특한 연출이 매력적인 고퀄리티 테마이다. 끝나고 성공 시 티켓 굿즈도 준다. 보드판은 별도로 제공되지 않고, 시간만 입력하는 방식이다.

추천 테마 중 〈그림자 없는 상자〉와 〈섀도우〉는 방탈출 입문자가 해도 좋을 테마이다. 〈그림자 없는 상자〉는 SF/판타지 테마이고, 〈섀도우〉는 범죄 미스터리 테마이다. 둘 중 자신의 취향에 맞춰 선택하면 좋겠다.

오시느라 고생하셨습니다
현재 진행률 99%입니다

"무얼 가장 잘하시나요?"

줄곧 내가 도대체 뭘 잘하는지 궁금했다. 책 읽기를 좋아하고 글쓰기를 잘한다고 말했지만, 확신할 수가 없었다. 이걸 입증해주는 것은 초등학교 때 백일장에서 받은 상 정도였다. 성인이 되고 이를 보여줄 수 있는 무언가로 이어지지 않음에 공허함을 느꼈다. 잘하는 것은 꼭 비교 대상이 있었다. 늘 더 잘하는 사람이 있게 마련이다. 그런 생각에 잘한다고 말하기가 더 쉽지 않았다. 이전부터 좋아하던 글쓰기로 손에 잡히는 책을 쓰고 싶었다. 하지만 소망과 달리 책을 쓸 기회는 덜컥 주어지지 않았다.

잘하는 것은 모르겠지만 사랑하는 것은 늘 있었다. 학창 시절에는 한 배우에게 빠져서 생일 파티까지 따라갔다. 이후에도 엠넷에서 하는 아이돌 프로그램을 보고 어느 아이돌에게 빠져서 지인들을 다 동원해 투표했다. 아직도 그분의 포스터가 우리 집에 고스란히 있다. 그러던 중 우연히 방탈출이라는 취미에 빠졌다. 주변에 방탈출을 즐기는 동료도 있어 재미에 더욱 불이 붙었고, 친한 친구들에게 영업하기도 했다. 그렇게 사랑하는 것이 있어야 사는 게 더 재미있어서 더욱 열정적으로 좋아했다. 방탈출이라는 새로운 취미에 푹 빠져서 즐거웠다. 그렇지만 고민했다. 잘하고 싶은 것과 좋아하는 것의 교집합을 찾는 것은 나의 오랜 과제였다.

그런 고민을 카카오 브런치스토리를 통해 해소했다. 브런치스토리는 오랜 시간 아끼던 공간이다. 2018년에 브런치스토리로부터 출간 거절 메일을 받았다. 브런치스토리는 작가 심사의 단계가 있다. 나름대로 글쓰기 모임에서 잘 썼다고 평가받은 글을 몇 편 올렸고, 작가 신청을 했다. 하지만 '작가로 모실 수 없다'는 거절 메일을 받았다. 이후 좀 더 고민해서 글을 수정해서 올렸고, 작가가 될 수 있었다. 그 후에도 꾸준히 브런치스토리에 글을 썼고, 브런치북 출판 프로젝트에 매년 응모를 했다.

인생은 방탈출

출판 프로젝트에 도전한 《인생은 방탈출》을 쓰는 시간은 즐거웠다. 내 취미가 왜 좋은지, 방탈출이라는 취미가 얼마나 유용한지 알리고 싶었다. 자식을 자랑하는 마음으로 덕질하는 글을 맘껏 썼다. 방탈출 테마에 다녀오고, 포스터를 몇 번이고 보고, 사람들이 어떻게 느꼈는지 후기를 읽는 것도 재미있었다. 방탈출을 하고 난 뒤 느낀 점을 리뷰로 작성하는 것도 즐거웠지만 에세이를 쓰자 더 빠져들었다. 마치 입 밖으로 고백을 하고 나면 더 좋아지는 것처럼. 좋아하는 이유를 찾아 문장으로 만드는 몰입감이 있었다.

나를 위해 썼지만 방탈출로 글을 쓰면 읽는 사람들이 있을 거라 생각했다. 방탈출 마니아라면 내 글을 읽고 공감했으면 좋겠다. 방탈출을 안 해본 사람이라면 글을 읽은 후 방탈출이 하고 싶어졌으면 좋겠다. 지나치게 마니악하지 않으면서 방탈출에 흥미를 가질 수 있도록 쓰고자 했다.

방탈출 업계에서 철저하게 금기시되는 스포일러에 대한 고민도 있었다. 방탈출 입문서이지만 에세이 특유의 감성을 담았다. 그 부분이 독자들에게 와닿았을지 궁금하다.

《인생은 방탈출》은 제11회 브런치북 출판 프로젝트 대상을 받았다. 상금과 인세라는 고마운 선물도 있지만 뿌듯함이 컸다. 오롯이 혼자서 좋아하는 마음을 적어 내려간 시간은 잊을 수 없는 소중한 시간이었다. 써둔 글을 고치며 글이 나아졌을 때도 잊을 수 없는 순간이다. 무엇보다 좋아하는 것과 잘하고 싶은 것의 교집합을 찾은 것 같아 벅차다. 좋아하는 취미로 책을 낼 수 있어 기쁘다.

글이 정말 재미있다고, 만장일치로 선정했다고 해주신 출판사에 감사하다. 브런치스토리와 김영사에서 온 메일을 믿기지 않는 마음에 여러 번 다시 읽었다. 웃긴 문장도 없는데 다시 읽을 때마다 웃는다. 메일이 너덜너덜해지는 종이가 아니어서 다행이다. 글을 쓰는 데 큰 힘이 되어준 남편과 엄마, 아빠, 동생에게 사랑의 마음을 보낸다. 이 글에 큰 조력자가 되어준 나의 방메들 캐슈넛(지현), 호빵(은우), 민서, 현진에게 고맙다. 늘 빌런인 나를 견디며 함께 방을 나가줘서 즐거운 추억이 많다. 앞으로도 꼭 방탈출을 같이해주길 바란다.

글과 방탈출 두 가지 모두 처음에는 자주 실패했고, 지금도 어렵다. 그래도 조금씩 나아지고 점차 즐기며 할 수 있을 거라고 믿는다. 이 책을 선택해 주신 독자님에게도 그런 가슴 벅찬 일들이 생기기를 바랍니다.

이제, 나가셔도 좋습니다.

인생은 방탈출